島與半島

劉以鬯

作品集 4

目次

出版前言

劉以鬯先生，知名作家、報人。先生一九一八年出生於上海，二〇一八年辭世於香港。百歲的生命歷程，藉由文學創作見證了二十世紀的時代變局與社會動盪。

他先後在重慶、上海、新加坡、馬來西亞、香港等地擔任報紙副刊編輯、出版社及雜誌總編輯。其編輯風格大膽創新、敢於嘗試，為文化界注入生猛的活力，並獎掖文壇後輩無數。

求新求變的風格也在個人創作中展現，他筆下的香港城市風景、樓市金融之泡沫，生活節奏之急遽，活靈活現；描繪不同階層的人物形貌，從孤兒到富人，從藍領到白領，無不栩栩如生。先生曾云：「我無意寫歷史小說，卻有意給香港歷史加一個注釋。」

代表作《酒徒》被視為華文世界首部長篇意識流小說，敘述一位滿腹壯志的職業作家受困在物慾橫流的社會中糾結苦悶的心境，揭示了理想與絕望、精神世界與物質文明的高度反差；《對倒》則以雙線並行的架構，各自發展兩位不相識的男女主角故事，細膩捕捉了愛情轉瞬即逝的傷懷。兩部作品成為王家衛導演電影《2046》及《花樣年華》靈感來源。

劉以鬯先生以現代主義精神營造了豐饒前衛的小說世界。節奏明朗的音樂性與蒙太奇式的電影感，加之作者自身傳奇色彩亦通過小說人物的內心獨白或對話，犀利地探觸到現代人的生存難題與心理面貌，並隱含了對社會結構、民生議題的批判，引起香港這一代人的共鳴，也是先生作品至今仍震撼新一代讀者，受到年輕人喜愛的原因之一。

先生筆耕不輟，毅力非凡，日寫萬字曾是常態，出版著作更逾四十多部。今年（二〇二三）適逢先生一〇五歲誕辰，聯合文學出版社精選推出劉以鬯作品集五冊，向這位文壇先行者致敬。

本作品集依完成年代序輯成五部，分別為長篇小說：《酒徒》、《對倒》、《他有一把鋒利的小刀》、《島與半島》；中短篇小說集《寺內》。其中《他有一把鋒利的小刀》、《島與半島》為首次在台出版。編輯作業尊重劉以鬯先生生前遺願，所有作品文字皆保留原始用法，於適當處加以注釋。

序

劉以鬯

《島與半島》寫的是香港（島）與九龍（半島）。

我無意寫歷史小說，卻有意給香港歷史加一個注釋。我試圖用小說形式展現一九七三—一九七五年的香港社會生活，將實際存在的現象轉為藝術真實。

歷史是記載過去事蹟的，不容許虛構，也不容許想像。小說則不同。小說不僅是「虛構」的同義詞；而且大部分是基於模仿現實這個假設寫成的。因此試圖為歷史加一個「注釋」時，就要緊緊把握時代的脈搏，將濃厚的地方色彩塗在歷史性的社會現實上，讓虛構穿上真實的外衣。

在真實的生活中，離奇、荒誕的事情當然有，終究不多。事實上，人生並不如小說的結構那樣經過安排與編造的。因此，我在寫《島與半島》時，為了加強小說所具的真實度，故意採用簡單的結構，寫一些平凡人的平凡事。我認為：簡單的結構較編造的敘述更能增加小說的真實度。

《島與半島》的故事性很弱，情節缺乏內聚力，也不錯綜複雜，所以不屬於「情節小說」。

我不知道像《島與半島》這樣的小說應該歸入哪一類。它不是六十年代出現在美國的「新新聞主義小說」，也不像七十年代末期出現在中國大陸的「紀實小說」。我在寫這部小說時，還沒有聽過「紀實小說」這個名詞，當然不會有寫「紀實小說」的意圖。《島與半島》雖以真實事件為依託，書中人物卻是虛構的。

對於我，寫這部小說只是另一次嘗試，可能走入一頭不通的小巷，也可能找到了一條通往大道的小徑。不過，即使走入一頭不通的小巷，我也不會灰心。嘗試既是學習的基本形式，重複的嘗試會增加成功動作。

《島與半島》於一九七三年冬開始在《星島晚報》連載，到一九七五年結束，長六十五萬字。為了使這部寫得相當鬆散的小說能夠凝聚、集中些，我刪掉了五十幾萬字。

這部小說寫於二十年前，到今天才得到出版的機會，我感謝獲益出版事業有限公司黃東濤夫婦的幫助。

一九九三年五月二十六日

編注：本文為《島與半島》一九九三年香港獲益出版之原序。

島與半島

01

沙凡拿著《星島晚報》朝天星碼頭走去時，見到「香港節」[1]小亭已搭好。小亭的形式很特別，上尖下方，像金字塔；也像童軍露宿的營帳。這種特別的形式引起沙凡的好奇，使他必須走近去仔細端詳。他嗅到一陣刺鼻的油漆味，鼻子有點癢，想打噴嚏，打不出。

小亭的四邊有圓窗，窗內坐著一個戴眼鏡的年輕人。經驗告訴沙凡：這是派發「香港節」節目單與購買入場券的地方。不過小亭剛搭好，還沒有入場券出售。

見到小亭圓門上的「香港節」標誌，沙凡低聲說了兩句給自己聽的話：「日子過得真快，又過了兩年了。」

兩年前的「香港節」，好像是上星期剛舉行過似的，每一個細節，他都記得。他清楚記得上一屆「香港節」選舉「香港節小姐」時，有細雨，皇后像廣場[2]擠得水洩不通。他擠在人群中，踮起腳跟，遠眺台上的比賽，相當吃力。

現在，在進入「行人隧道」之前，他發現噴水池邊有好幾個工人在勤奮地工作。那噴水池中搭成的表演台，上兩屆是「香港節」的心臟，這一屆不會是例外。

隧道裏邊，牆上貼著「香港節」的招貼。雖然是十一月初，「香港節」已開始積極籌備。沙凡喜歡「香港節」。在過去的兩屆「香港節」中，他曾經有過不少快樂的時刻。

走出隧道，有人遞了一張傳單給他。傳單上印著「無比的基督」五個字，深藍色的，發光。走出隧道，轉過臉去望望位於康樂大廈旁邊的馬會。康樂大廈是全港最高的建築物，有可能取代尖沙嘴火車站的鐘樓成為香港的標誌。沙凡對高樓大廈向無好感；因為香港已變成一座茂密的士敏土[3]叢林。使他感到興趣的，卻是大廈旁邊的馬會。這馬會是平房，與背後的康樂大廈形成強烈的對比。馬季已開始，買一張小搖彩，即使中獎希望極微，也能藉此獲得美麗的幻想。

向馬會買了一張小搖彩，繼續朝渡海小輪碼頭走去。

一個年輕人，頭髮很長，戴眼鏡，遞一張傳單給他。傳單上面印著幾張照片：一張顯示「反

---

1 一九六七年，中國共產黨人員在英屬香港煽動反政府示威及罷工，造成過百人死傷，史稱「六七暴動」。為了疏導民怨和安撫民心，港英政府決定在一九六九年冬季舉辦「香港節」，第二、三屆「香港節」在一九七一、一九七三年分別舉行，後因經濟變差，再無續辦。

2 皇后像廣場（全名：皇后像廣場花園），位於商業中心地帶——香港中環。

3 水泥，英文cement的音譯。

貪污．捉葛柏公開集會」[4]的情景；一張是葉錫恩議員[5]參加集會；另一張則是與會者高舉的標語「貪污者逍遙．無辜者受控」。

沙凡將傳單塞入衣袋；從衣袋裏取出小錢袋。走到閘口，付出兩毫半，軋軋軋，通過旋轉器，進入碼頭。碼頭有太多的廣告。這些廣告，猶如電台播送的廣告歌，不管他喜歡不喜歡，早已強迫他熟悉了。然後是雪糕檔。他是很喜歡吃雪糕的。即使就要吃晚飯了，還是買了一個雪糕筒。

在渡輪上吃雪糕，多少有點稚氣。他卻一點也不在乎。對於他，只要能夠使自己快樂的事，決不考慮別人的看法。

與大部分香港知識分子一樣，他也習慣在渡輪上閱讀報紙。不過，他是粗心的讀報者，除非有甚麼特別使他感到興趣的新聞；否則，讀一下標題就算。中東的緊張局勢顯已和緩。梅爾夫人抵達華府。基辛格定下週訪阿拉伯國家。埃及通知聯合國準備談判交換戰俘。日本廁紙嚴重短缺。水門案錄音帶失去兩卷。光華挫流浪。警察薪金大幅度增加。四萬名低級公務員每月獲加薪五十元。韓德警司判監一年。……

本埠新聞版的廣告太多，只有三則新聞。這三則新聞是：（一）渣華新屯四賊毀窗入屋，綁人後迫簽提款。（二）兩名持刀賊進入土瓜灣一住宅，刺傷主婦。（三）少婦深夜回家，遭箍頸黨[6]搶去手袋。

類似的新聞，每天都有，不能算是「新聞」。香港的治安實在太壞。任何一個香港人在港九任何一個地區隨時都會遇到劫匪。

渡輪靠攏碼頭，跳板放下，沙凡擠在人群中，走出碼頭。到處是人。碼頭擠滿了人。巴士站擠滿了人。從九龍橋通往海運大廈的行人道上擠滿了人。沙凡走入海運大廈時，發現大廈裏邊也擠滿了人。香港是一座擁擠的城市。香港人像一籠田雞那樣擠在一起。許多人都不喜歡這座過分擁擠的城市。許多人卻一直在這座擁擠的城市裏生活。沙凡也不喜歡這座城市。它太擁擠，它有太多的高樓大廈，它是聲音的集中營，它的空氣被染污了，它的街道上有太多的廢氣，它是「一處巨大貪污翻騰的地方」，它的治安太壞，它是一座經常發生搶劫案的城市。……許多人都走了。有的走去美國。有的走去加拿大。有的走去新加坡。有的走去菲律賓。有的走去英國。有的走去法國。有的甚至走去南太平洋。許多人都走了。沙凡不走。沙凡不喜歡這座城市，卻不走。他沒有甚麼地方可去。在這裏，他有職業。離開這裏，生活就無法維持。他必須繼續生活在這座到處發生搶劫案的城市裏。

---

4 葛柏（Peter Fitzroy Godber），英國殖民地高級警官，曾任皇家香港警隊外籍總警司。因涉嫌貪污受賄，在一九七三年六月潛逃英國，以規避警方內部調查。這一事件引發輿論譁然，並在一九七四年二月促成廉政公署的成立。

5 葉錫恩（Elsie Tu），英國人，香港著名社運家。一九一三年出生於英國，一九四八年前往中國江西傳教，一九四九年後南下香港，並參與社會運動。她長期為基層爭取權益，並運用傳媒壓力，使殖民地政府正視各政府單位日益嚴重的貪污問題。

6 專用勒脖子方式打劫的匪徒。

儘管到處發生搶劫案，還是有人將香港當作樂園的。沙凡的兩個朋友，昨天從泰國飛來香港，目的只有一個，享受這裏的安定。

沙凡的朋友名叫韋劍標，十幾年前曾與沙凡同在一家公司工作。那時候，香港的治安比現在好得多，韋劍標卻走去曼谷發展了。十幾年的努力，使他在曼谷建立了穩固的經濟基礎。他的境況一天比一天好，在曼谷結婚之後，有時也會飛來香港度假。

沙凡請他們在「翠園」吃飯。

走入「翠園」，他見到韋劍標夫婦笑眯眯的坐在靠牆的小圓檯邊。不見面，已有兩三年。韋劍標的膚色比以前更黑，看起來，很像泰國人。他的妻子膚色很黑，看起來，也像泰國人。

「對不起，我來遲了。」沙凡說。

「不是你遲到，而是我們來得太早。」韋劍標說。

點過菜，沙凡問，「打算在香港住幾天？」說著，打開菸盒，攤在韋太太面前，韋太太露了一個有禮貌的微笑，不吸。沙凡將菸盒攤在韋劍標面前，韋劍標取了一支。沙凡「搭」的一聲扭亮打火機，替韋劍標的香菸點上火；自己也點上一支。

韋劍標吸口菸，將話語與菸靄一起吐出：

「這一次，不是走來度假的。」

「接洽商務？」沙凡問。

韋劍標搖搖頭，放低聲音說了兩個字：「避難。」

「避難？」

「曼谷的緊張局勢不是已經緩和了？」

「是的，目前已平靜。不過……」韋劍標說，「前些日子，曼谷的情況實在是非常恐怖的，抗議分子與警察的衝突，使每一個曼谷居民都感到恐慌。」

「我在報紙上也看過有關曼谷大暴動的報導。[7]」沙凡說。

「報紙上的報導，無論怎樣翔實，也不能將當時的恐怖情景完全描述出來。我們是身歷其境的，對當時的情形留下極深刻的印象。我曾經見到泰國軍隊開槍射擊示威分子，我曾經見到學生抬著一具抗議的屍體在街上行走，我曾經見到一個人在一座燃燒中的建築物裏被火焰燒死！」

「現在，」沙凡說，「曼谷已恢復正常。」

「不錯，曼谷已恢復正常；不過，同類的事件仍有可能發生。所以——」韋劍標說，「我們

7 一九七三年泰國學運，又稱十月十四日事件，是泰國政治史上的一個分水嶺事件。這場數十萬人參與的運動，促使泰國獨裁者他儂．吉滴卡宗總理下台，並開啟了泰國民主化的大門，也反映出泰國大學生在政治上日益增強的影響力。

必須走來香港看看。情況許可的話，我們會考慮將事業重心移到這裏來。」

「這是一個明智的決定，」沙凡說，「與東南亞其他地區比起來，香港應該算是相當安定的。中南半島方面，直到現在，戰火還沒有熄滅。印尼的排華意識仍濃，不久之前還發生過排華事件。至於馬來西亞，一九六九年在吉隆坡發生的種族戰爭，也非常恐怖。我有一個朋友，姓王，原是住在吉隆坡的，兩年前移居北美了。」

「是的，」韋劍標說，「以目前的情況來看，香港是比較安定的。不過，將事業重心移到這裏來，不是一件簡單的事情。」

「你原是在這裏居住的，對這裏的情形相當清楚，重建事業基礎，不會有甚麼困難。」

韋劍標露了一個並不代表喜悅的笑容，不再說甚麼。夥計端菜來。沙凡舉杯邀韋氏夫婦共飲。韋劍標喜歡喝酒，喝了酒，講話特別多。他說：

「我們已經到各處去兜過了，發現香港在各方面都有長足的進步。高樓大廈比我們上次來的時候更多。海底隧道已通車。港島海旁區的交通網也完成了。馬場增跑夜馬。香港節的歡樂氣氛已在港九每一個地區瀰漫。……」

「你們看到的，只是表面，」沙凡說。

「大都市多數是罪惡的淵藪。」

「香港的情形更糟，」沙凡說，「你是曾經在香港居住過的人，對十幾年前的香港不會不熟悉。

十幾年前，香港的治安比現在好得多。那時候，任何人出街，無論走到甚麼地方都不會擔心遇劫；但是現在……」

「現在怎麼樣？」

「現在，搭乘電梯時，有可能遇到劫匪。在電影院的廁所洗手時，有可能遇到劫匪。在山區晨運時，有可能遇到劫匪。在姻緣道上談情說愛時，有可能遇到劫匪。在咖啡館喝咖啡時，有可能遇到劫匪。在郊外遊山玩水時，有可能遇到劫匪。搭乘巴士時，有可能遇到劫匪。在熱鬧的中區或熱鬧的旺角行走時，即使在光天化日之下，也有可能遇到劫匪。……」

韋劍標的眼睛睜得很大。

韋太太臉上出現過分緊張的表情。

「這不是聳人聽聞的危言。這是鐵一般的事實，」沙凡說。「報紙上刊出的搶劫新聞都是報案的。有許多搶劫事件，因為事主怕麻煩，寧願在經濟上受些損失，也不願報案。不報案的搶劫事情，報紙是不會披露的；而不報案的搶劫案，數目很多。」

舉杯，邀韋氏夫婦共飲。

韋劍標呷了一口酒，放下酒杯。

「這樣說來，香港也不安定？」他問。

「表面上，香港是繁榮的，安定的。過幾天，香港就要舉行香港節了，所有居民都可以在這個節日中獲得許多快樂的時刻。過了香港節，就是聖誕節；過了聖誕節，就是陽曆新年；過了陽曆新年，就是舊曆新年。在這一個時期，港九的每一個角落都會瀰漫著歡樂的氣氛。但是，從一月到現在，這座城市已發生過九十幾宗兇殺案了，至於打劫銀行的案子，更是多得難於計算。」

「這種情形，要是繼續演變下去，必會危害到香港的安定。」韋劍標說。

「香港這個社會並不安定，許多人都移居到別處去了。」

「但是，」韋劍標說，「有許多地區比香港更不安定。」

「這是事實，」沙凡說。「就因為這樣，香港的高樓大廈仍在不斷增加；香港的人口也在不斷增加。」

「聽說：最近大陸方面放寬了出境限制，到香港來的人比過去更多。」

「偷渡入境的人也增加了。」

「此外，還有不少來自東南亞各地的。」

「加上自然成長率，人口正在迅速增加中。」沙凡說。

「這彈丸之地，怎能容納得下這麼多的人口？」

「最難解決的問題是：住屋。香港空間太小，人口太多，這些年來，屋荒一直沒有解除。儘管港九各區都有太多的高樓大廈，大部分香港人還是為了住屋的問題在傷腦筋。」

「我在曼谷時，每一次見到來自香港的朋友，提到樓價，他們總說仍在上漲。」

「是的。」沙凡用筷子夾了一塊乳豬入口，邊咀嚼，邊說，「股市從千七點跌到四百九十幾點，樓價卻沒有受到太大的影響。」

「這是甚麼理由？」

「材料貴，人工也貴了。事實上，在最近的半年中，除了股票，沒有一樣東西不漲價。」

韋劍標嘆口氣：

「香港是個充滿矛盾的地方。儘管這地方有許多令人看不順眼的事情，人們還是不斷地從四面八方湧到這裏來。」

「是的，香港是個充滿矛盾的地方。」沙凡點點頭。

02

題名「無比的基督」的傳單，印著這樣的字句：

「……她揭露隱密中布下的陷阱。她譴責黑暗裏滋生的罪惡。她裝飾一切的美。……」

另一張傳單印著這樣的字句：

「銷數廣大的《每日鏡報》今日發表一項報導，形容香港是一個有貪污情況的亂七八糟的地方。」

香港是一個亂七八糟的地方。

罪惡在黑暗裏像野草般滋生。

陽光照射下，有人給香港披上一件美麗的外套。

守法的人獲得許多快樂的時刻。

不守法的人獲得許多快樂的時刻。

香港是天堂，也是地獄。

香港是一齣戲，誰也分不清它是喜劇還是悲劇。
香港的社會秩序像摔得粉碎的瓦瓶，有人企圖重組碎片。

03

「香港節」的氣氛越來越濃。病體初癒的沙太，要沙凡陪她到中環去走走。坐在小巴上，沙太老是東張西望，好像第一次進入遊樂場的小孩子。小巴經過北角時，街邊的「香港節」裝飾雖不十分顯著，仍能引起她的注意。

然後她發現維多利亞公園已裝置「香港節」的燈飾。維多利亞公園的鐵欄已變成畫廊，掛著許多兒童的畫。

小巴經過灣仔時，她見到新穎別緻的「香港節」裝飾：一粒偌大的骰子，豎立在介於軒尼詩道與莊士敦道之間的三角地上。

同樣的「香港節」裝飾，豎立在花園道口，使每一個經過這交通要道的人都知道：熱鬧的「香港節」就要開始了。

裝飾最多也最美的地方是皇后像廣場與天星碼頭。沙太付出一塊錢，向「香港節」小亭裏的職員買了一本節目表。她發現小亭前邊的「軍操」海報上，寫著「兩元三元門券已售罄」的字樣。

有人在廣東省銀行與渣打銀行的正面裝置「香港節」的飾物。

到處掛著一列又一列的「香港節」飾物。這些飾物在微風中轉動，像車輪。

皇后像廣場擠滿了人。

有人在拍照。有人在敲鑼打鼓。有人在吃雪糕。有人在談情說愛。有人在逗弄孩子。有人坐在池邊做功課。有人在唱歌。有人在吃花生，將花生殼隨地亂拋。有人在作畫。

作畫的人，有幾十個。每一個作畫人身旁圍著一群欣賞藝術的男男女女。

「這是怎麼一回事？」沙太問。

「作畫比賽。」沙凡答。

「為甚麼要在公園裏作畫？」

「不知道。」

「香港節已開始？」

「還沒有。」

「香港節甚麼時候開始？」

「十一月二十三日。」

「這裏的氣氛很熱鬧。」

「香港節要到十一月二十三日開始。」

「為甚麼要舉行香港節？」

「不知道。」

「既然有了聖誕節與新年，就慶祝聖誕節與新年好了，為甚麼還要加一個香港節？」

「不知道。」

沙凡夫婦在廣場裏擠來擠去，看別人拍照；看別人吃花生；看別人談情說愛；看年輕人作畫。當他們走到隧道口旁邊的水池邊時，他們發現「香港節」的表演台已搭好。水池裏的水還沒有放掉，表演台像一艘小船。

「浪費了太多的金錢。」沙太說。

「有人肯花錢製造歡樂氣氛，我們也該趁此享受一下，你看——」沙凡用手指指匯豐銀行正面的「香港節」燈飾。那是一隻笑瞇瞇的獅子，用小燈綴成的，充滿卡通味。「這燈飾，與其說是幫助製造香港節的氣氛，毋寧說是為匯豐銀行宣傳。你看，那隻獅子比香港節的標誌大得多。獅子是匯豐銀行的標誌。匯豐銀行在螢光幕做的廣告，那獅子還會引領客戶去存款。」

忽然有人輕拍沙凡的肩頭。沙凡轉過臉去一看，原來是一個多年不見的朋友。這個朋友姓杭，名占雨。

「是你！」沙凡驚喜交集。

「還記得我嗎？」杭占雨笑得嘴鼻皺在一起。

「當然記得！」

「不見面，已有幾年，你還是這個樣子。」

「老了，」沙凡說。「你自己倒是一點也沒有變。」

「我？」杭占雨用食指點點自己的鼻尖，「我已退休了，還說沒有變。」

「退休後，日子一定過得舒舒服服。」

「一點也不舒服。」

「為甚麼？」沙凡問。

杭占雨用眼對周圍的環境掃了一下，說：

「這裏人多，講話不方便，我請你們兩位到美心喝杯茶。」

「好極了。」

美心餐廳在皇后像廣場旁邊，走幾步，就到。三人找了一個靠窗的座位，坐定。向侍者要了飲料後，沙凡說：

「據我所知：退休時可以拿到一筆數目相當多的退休金。」

「我拿到的退休金，數目不算多；不過，學校的規定是：教師退休後，每個月仍可領取一千元薪金，直到死亡為止。」

「這樣，比一次拿到巨額退休金更好、更安定。退休後，不必做工，仍能每個月領取薪金，生活就可以獲得保障了！」

「是的，這種規定原是非常合理的。」

「既然這樣，你應該無憂無慮地過些快樂日子了。」

「我的日子過得不快樂。」

「為甚麼？」沙凡問。

杭占雨正要答話時，侍者端飲料來了。他們各自將方糖放入茶杯或咖啡杯之後，杭占雨嘆口氣：

「一切都是我自己不好。」

「怎麼樣？」

杭占雨舉起茶杯，呷了一口茶，說：

「我是去年夏天退休的。退休時，因為拿了一筆退休金。去年冬天，股市興旺，幾乎所有的親戚朋友都在股票上賺了錢，我看得眼紅，就將手上的十萬元積蓄買了股票。剛買入的時候，股票仍在上漲；我以為股票就是這樣容易賺錢的，抓住股票，怎樣也不捨得賣出。」

「舊曆新年前後，股票的漲幅確是驚人的。」沙凡說。

「但是，」杭占雨說，「到了陽曆三月，股市就下跌了。我對股市的認識很淺，怎樣也不肯承認這是大熊市的開始；以為股市將獲利貨消化後，必會止跌回漲。因此，我做了個愚蠢的決定。」

「愚蠢的決定？」

「當恆生指數跌到一千三百多點時，我錯誤地以為股市不會再跌了，將手裏的股票拿去銀行做按揭，然後用押來的錢再買股票。」

沙凡這才意識到事情的嚴重性，皺緊眉頭，對杭占雨投以同情的凝視，等他繼續講下去。

杭占雨嚥了一口唾沫，低下頭，有意無意地將視線落在杯中的咖啡上，用低沉的語調繼續講下去：

「最愚蠢的是：恆生指數跌到一千點時，我又將股票拿去另一家銀行做按揭。」

「將押來的錢又買股票？」沙凡問。

「一點也不錯。」杭占雨點點頭。

「現在，恆生指數已跌到五百多點。」

「前些日子，恆生指數跌到四百九十幾點時，銀行要我補倉。」

「這倒是一件傷腦筋的事。你怎樣應付這個問題？」

「那時候，我是沒有能力補倉的。」

「不補倉，銀行會將你押給他們的股票賤價拋售。」

「那些股票是高價買入的，賤價賣出，我的十萬元可能只剩兩三萬了。」

「你怎樣解決這個問題。」

「向朋友商借他們的股票，」杭占雨說，「有些朋友手上的股票也是高價買入的，除非恆生指數回升到他們買入時的水平，他們不會將股票賣出。因此，當銀行要我補倉時，我走去向朋友商借他們手裏的股票。然後，拿了朋友借給我的股票走去銀行平倉。」

「這樣做，相當危險。萬一股票繼續下跌，銀行再一次要你補倉時，你就無法應付了。」沙凡說。

「我知道，」他說，「但是，除此之外，再也沒有別的辦法。我變成一個賭徒，毅然押下最後的一注。」

「這最後的一注是向朋友借來的。」

「我決不會拖累朋友，」杭占雨說，「當我向朋友借股票時，我就下了這樣的決心：如果股市繼續下跌的話，銀行再一次要求我補倉，我就賤價賣出自己的股票，將剩下的股票還給別人。」

沙凡聽了這話，立刻聯想到前此不久在報紙上看到一則新聞。那則新聞是一個相當有地位的人，因為炒股票失敗，萬念俱灰，竟懸樑自縊了。

「你算是幸運的，」沙凡說，「恆生指數已回升到五百多點，要不然就不堪設想。」

「指數回漲到六百點時，我已將借來的股票還給朋友。」

「你很幸運。」沙凡說。

「但是，」杭占雨說，「另外還有一個問題使我擔憂。」

「甚麼問題？」

「工作問題。」

「你想找工作做？」

「是的，我必須做工。」

「既已退休，就沒有必要再出來做了。」

「不能不做。」

「為甚麼？」

「股票押給銀行後，我必須將每個月領到的薪金交給銀行，作為利息。」

「這倒是一件相當悲哀的事情，」沙凡說，「原已退休的人，還要找工作做。」

「要是有甚麼適當的機會的話，幫我留意一下。」杭占雨說。

「我一定會幫你留意的。」

杭占雨舉起杯子，喝了一口咖啡之後，問：

「你怎麼樣？有沒有買股票？」

「舊曆新年前，見別人都在買股票，看得眼紅，多少也買了一些。」

「賺了錢？」

「起先，多少賺了一些，後來，與大部分香港人一樣，也做了大閘蟹。」

「沒有在千七點賣出？」

「沒有，」沙凡說，「那時候，我對股市的認識很淺，見股市升得那麼容易，以為只要有股票，過幾天就可以賺大錢！這種想法當然是錯誤的，不過，有了這種錯誤的想法，儘管指數漲到千七點、也不肯賣出。……後來，股市下瀉，卻固執地抓住股票，不賣。」

「損失多少？」

「不多，」沙凡說，「與別人比起來，損失不算多。再說，股票仍在我手中，只要股市回漲，就可以將蝕掉的錢贏回。」

杭占雨聳聳肩，露了一個比哭更難看的笑。

04

「香港節」。

一個不為慶祝甚麼而大事慶祝的節日。

「聲與光、動作及色彩、歡樂和遊戲，都交織在一起，相信闔港居民定可盡情歡樂。」——節目表裏的「獻辭」有這樣幾句。

盡情歡樂。

每一個居民都可以盡情歡樂。

大家都不願意悶在家裏。年老的、年幼的、男的、女的、有錢的、沒有錢的、心情愉快的、心情不愉快的……都走到外邊去了。

每一個地區都瀰漫著歡樂的氣氛。每一個地區都在慶祝「香港節」。每一個地區都黑壓壓地擠滿了人。每一個地區都有嘹亮的笑聲。

星期日。天色陰霾，天文台的天氣預測是：有微雨。

節目很多。任何人都可以根據他們的喜愛去選擇。盆栽展覽。花卉展覽。插花藝術示範。兒童壁畫展覽。「五〇五」級國際帆船大賽。學界田徑比賽。小童步行競賽。曲棍球大賽。國際小型車披治賽。國畫展覽郵票展覽。攝影展覽。海上巡遊。手工藝展覽。粵劇。……

很多節目。很多。很多。

太多的裝飾使香港變成遊樂場，也有點像化了濃妝的女人，佩帶光彩奪目的珠寶，連認識她的人也不認識她了。

05

沙凡到一家商行去找一個朋友接洽商務。這個朋友姓丁，是商行的經理。事情辦妥後，老丁請他到「美心」去喝茶。閒談中，沙凡獲悉老丁商行裏有一位高級文員離職。老丁透露這項事實是無心的；沙凡聽了，立刻想起杭占雨。

「我有一個朋友，原已退休，因為炒股票失敗，不能不出來做事。」沙凡說。

「你的朋友想找工作？」老丁問。

「你們公司既然有空缺，能不能給他一個機會？」

「他過去在甚麼地方做事。」

沙凡當即將杭占雨的學歷與資歷講給老丁聽。老丁說：

「他的學歷與資歷都不錯，問題是：年齡可能不合公司的要求。雖然這樣，不妨叫他來見我。」

「甚麼時候？」

「明天。」

「幾點？」

「上午十一點至十一點半。」

與老丁分手後，沙凡走去找杭占雨。

抵達杭宅，按門鈴。

走來應門的，是一個十二三歲的少年。

「找誰？」少年問。

「杭占雨先生在家嗎？」

少年睜大眼睛，對沙凡身上直打量，不答話。沙凡看出他有疑惑，當即加上這麼兩句：

「我姓沙，是杭先生的好朋友。」

少年這才咽了一口唾沫，說：「爸爸進醫院了。」

這句話，猶如晴天霹靂，使沙凡大吃一驚。

「進醫院了？」他問。

「是的。」

「甚麼時候進醫院的？」

「星期二下午。」

「甚麼病？」

「不清楚。」

「你母親在家嗎？」

「她在醫院裏陪爸爸。」

「你父親住在哪一家醫院？」

那少年說出醫院的名字後，沙凡立刻趕去醫院探望杭占雨。

杭占雨住的是大房，另外還有六七個病人。沙凡走入病房時，杭占雨正在睡覺，而且睡得很安詳。他的臉色蒼白得好像搽了一層粉似的。

杭太太見到沙凡，立刻站起身，躡足走過來，將他拉出病房。

「他剛睡著。」杭太太用蚊叫般的語調說。

「前幾天還是好好的，怎會忽然病倒？」沙凡問。

杭太太緊蹙眉尖，嘆口氣，依舊用蚊叫般的語調說：

「星期二下午，他坐在收音機邊收聽股市行情，忽然暈厥了。我立刻打九九九，請警方急召救傷車。救傷車將他載到醫院後，才知道他患的是心臟病。」

「你不知道他有心臟病？」

「我只知道他的心臟衰弱。」杭太太答。

「以前有沒有看過醫生？」沙凡問。

「看過的。」杭太太答。

「醫生怎樣說？」

「醫生說他心臟衰弱。」

「有沒有暈倒過？」

「沒有。從來沒有暈倒過。」

「這一次，怎麼會突然暈倒的？」

「股市！」杭太太說，「星期二股市忽然暴跌，占雨收聽了收市行情後，受不起這樣的打擊，心臟病猝發。」

聽了杭太太的話，沙凡立刻想起星期二股市狂跌的情況。那一天，因為受了國際能源供應的影響，股市急遽下降，猶如決了堤的河水，一發不可收拾，大部分股票的做價幾乎降到了本年度的最低水平，人心惶惶，彷彿誰也不信任股票了。這確是近期少見的險惡情形。在這種情形中，像杭占雨這樣的「大閘蟹」，當然會經不起打擊的。他的股票，作「金字塔式」的給銀行，股市大跌，銀行少不免要他補倉的。他沒有能力補倉，心中一急，病倒了。

沙凡當即簽了一張支票，與自己的名片一同遞給杭太太；杭太太並沒有拒絕收受。

沙凡說了幾句安慰她的話語之後，答應明天再來探望占雨。

走出醫院，搭車回家。在回家的途中，他一直在想著股市的情形。打從去年聖誕節算起，到現在，將近一年了。在這一年中，股市波濤洶湧，使數以萬計的香港人在經濟上蒙受相當大的損失。杭占雨只是數十萬受害者中間的一個罷了。去年年底，恆生指數猶如火箭般上升，只要手上有股票的人，沒有一個不賺大錢。唯其如此，即使從未買過股票的，見別人賺了錢，也盡量設法集中所有可以調動的資金，走去經紀行購買股票了。香港變成一座瘋狂的城市。香港人多數染上「股票病」，日有所思，思股票；夜有所夢，夢股票。人們見面時，不再說「今日天氣哈哈哈」了，他們說的是：「怎麼樣？賺了多少？」而對方的回答往往是一些令人難以置信的傳奇故事。這些傳奇故事，在香港社會中傳來傳去，使那些已買股票或不買股票的人對股票都有了美麗的憧憬。有人將存在銀行裏的定期存款提出來購買股票；有人將房地產拿去銀行做按揭，購買股票；有人頂掉了店鋪，將頂來的錢拿去購買股票；有人甚至結束了工廠，將辦廠的資金拿去市場炒股票。……股市應跌不跌，出現了不合理的上升。儘管政府、報章與有資格的股票經紀一再向股民們提出警告：說是將過奢的希望寄存在股票上非常危險，但是，人們好像失去理性似的，不但不理會這種警告，反而集中更多的資金去購買股票。

專家們說：各種股票的市場價已高到不合理的程度，一定要下跌了，到那時，股票變成炸彈，誰手裏握有股票，誰就倒霉。

人們並不接受這種看法。

由於炒股票太容易賺錢，沒有人肯從事正當的商業了。有人甚至結束原有的事業將希望寄存在股票上。

股市仍在上升。

即使到了農曆大除夕，大家好像忘掉了過年似的，紛紛擠在經紀行，搶購股票。

過了舊曆新年，有些比較冷靜的人已看出股市潛伏的危機，堅信股市即將出現一百八十度的轉變。

可是，紅盤開出，全面報升。

恆生指數繼續上漲。人們只要股票，不要鈔票。有錢人的身價，以藍籌股價為計算單位。

全城的居民染上了「股票熱」。

全城的居民似乎都已不能保持理智的清醒。

這時候，傳說特別多。

大家將這些傳說當作酒後茶餘的談話資料。

有人說：一個小職員將幾年來的積蓄換了股票後，在短短兩三個月中，變成富翁。

有人說：某工廠老闆將工廠結束後，走去炒股票，在幾個星期中，賺了一兩百萬。

有人說：某名流太太在股票上賺的錢，數目之多，連她自己也算不清。

有人甚至這樣說：青山道精神病院裏增設「第五交易所」作為一種治療的方法。那些病人，並不是因為蝕本而失常的，他們是因為賺了太多的錢而失常的。

當時的傳說，很多很多。

當時的情況，毫無疑問，是不正常的。

當時的香港社會是不正常的。

然後，股市下瀉了。起先，人們對股市仍寄存相當大的希望；後來，股市跌勢凌厲，人們才恢復了應有的清醒。

當人們清醒時，錢已蝕去。

在回家的途中，沙凡想起這些往事。對於香港人，這似乎是一場惡夢。如果當真是一場夢的話，那就無所謂了。問題是：這不是夢。這是現實。

現實是殘酷的。一個銀行的高級人員在股票上虧損過巨，服毒自殺。……一個健康情形良好的人，因為在股票上蝕去太多的錢，精神忽然失常，用長刀砍傷妻子後企圖自盡。……一個小職員動用公款炒股票，被警方送上法庭接受審判。……一個百萬富翁在股票上蝕去所有的錢財，經常站在渡海小輪碼頭，向熟人乞取施捨。……一個經紀行的職員，因為炒股票失敗，搭乘飛機到外地去自殺。……

現實是殘酷的。

一年前，幾乎每一個人都將希望寄存在股票上面；現在，情形有了一百八十度的轉變。

雖然到處瀰漫著「香港節」的歡樂氣氛。但是，「香港節」猶如一堆鮮艷的彩色，塗在洩了氣的皮球上，外表雖好看，卻是沒有實質的。

沙凡回到家門，朝大廈入口處走去時，裏邊驀地竄出一個長髮青年，與他撞個正著。這件事，在心理上全無準備的時候發生，使他大大地吃了一驚，連身子也不能保持平衡。他跌倒在地。

當他站起時，大廈入口處竄出一個中年婦人。這個中年婦人像支飛箭般竄出來，邊奔邊喊：

「打劫！打劫！」

06

星期日，沙凡與兩個孩子在「海運大廈」的「美心餐廳」吃東西。這是喝下午茶的時候，他們卻吃了一些豬排牛排之類的東西。理由是：吃過東西後，要到彌敦道去看花車大巡遊。

花車大巡遊是「香港節」的最後一個節目，也是最受香港人注意的節目。

第一屆「香港節」的花車巡遊是多彩多姿的，彌敦道兩旁的人行路上，黑壓壓的擠得水洩不通。沙凡記得很清楚，那天晚上的情況是熱烈的，人們猶如潮水一般從橫街湧往彌敦道。

第二屆「香港節」的花車巡遊也是多彩多姿的，熱鬧的情況並不輸於第一屆。

沙凡他們相信：這第三屆「香港節」的花車巡遊一定也會像上兩屆那樣熱鬧。

「我們應該早些到彌敦道去。」沙娟說。

「即使此刻就去，也未必能夠占得較好的地位，」沙勇說，「兩年前，九龍舉行花車大巡遊時，有些人吃過中飯就拿了竹椅去霸位了。」

「其實，看電視更清楚，無線電視與麗的映聲今晚都實地轉播。」沙太說。

「不同，不同，」沙勇說，「看電視與走去現場觀看實際情況，所得感受絕對不同。」

「但是，」沙太說，「走去彌敦道觀看實際情況太擁擠，年輕人在人堆中擠來擠去，無所謂，上了年紀的人，不適宜到那種場合去亂擠。」

沙凡唯恐兩個孩子聽了這話不高興，當即說了這麼幾句：

「香港節的歡樂氣氛就是在熱鬧中製造出來的。大家在熱鬧的場合中擠一陣子，必可獲得另一番情趣。」

沙凡笑了。

「如果不是因為你們三個人要過九龍來看花車的話，我是寧願坐在家裏看電視的。」沙太說。

「兩年一次，過海來看看，也是應該的。」說著吩咐埋單。

付了錢，一家四口由「海運大廈」走去大酒店商場，出廣東道，然後沿北京道朝彌敦道走去。當他們走到「新聲戲院」附近時，他們見到所有車輛都轉到這條街道來了。由於彌敦道舉行大巡遊的關係，九龍心臟地區的交通需要有一個臨時性的安排。

彌敦道邊，擠著不少看熱鬧的人；但是，情況卻不若過去兩屆熱烈。沙勇的看法是：大部分居民都坐在家裏看電視。沙太認為：治安不好，使市民對這種事情的興趣打了一個折扣。沙凡則說：

「股市大跌，幾十萬香港人變成大閘蟹，對香港節的興趣不及過去那麼濃了。」

沙太不接受這樣的看法。她說：

「別瞎扯，好不好？」

「你這話甚麼意思？」沙凡臉上有過分嚴肅的表情。

「很簡單：香港節與股市一點關連也沒有，怎麼可以扯在一起？」

「香港節與股市怎會一點關連也沒有？」沙凡問。

「有甚麼關連？」沙太問。

「在過去一年中，香港人因股市大跌而在經濟上受到損失的，你知道有多少？」

「不知道。」

「根據報章的報導：在這一次大跌市中，香港人在經濟上受到損失的，為數達數十萬之多。」

「這與香港節有甚麼關係？」

「難道你還不明白？」沙凡說，「香港的總人口只有四百萬。在四百萬居民中，有幾十萬在經濟上受到損失，這香港節的熱鬧情況當然要減低的。」

沙凡越說越大聲，以為這樣一來就可以說服妻子了。但是，他的妻子卻固執地搖搖頭：「不會有甚麼關係。股市與香港節不會有甚麼關係。」

沙凡不願再說甚麼，一味搖頭。

不久，他們走到尖沙嘴街坊福利會附近。

這裏的人，比別處多。參觀大巡遊的貴賓台就設在對街的「九龍公園」裏，大部分參加巡遊的隊伍，不論舞龍舞獅或國術樂隊，到了這裏，少不免在貴賓們面前表演一番。所以，站在這裏參觀巡遊，最為理想。

沙太不贊成站在這地方觀看。理由是：這地方像罐頭沙甸魚似的擠著太多的人。

但是，兩個孩子堅持要站在這裏。沙勇說：「看大巡遊，擁擠是難免的。」沙娟說：「只有站在這裏才能看到最精采的表演。」

沙太見兩個孩子的興趣這樣高，只好硬著頭皮擠在人堆中。

大巡遊的隊伍相繼到達，這一段的擁擠情況更加嚴重。沙勇與沙娟將注意力集中在花車與各種表演上，並不因為過分的擠逼而煩躁。沙凡畢竟是個男人，雖然感到了擠逼的壓力，還能支持下去。但是，沙太卻因為被人踏去了一隻鞋子而惱怒了。

「你們在這裏看吧！」她說，「我回家去了！」

沙凡一把捉住她的手臂：「要走，一起走！」然後轉過臉去對兩個孩子說：「走吧！」

沙勇睜大眼睛問：「走去甚麼地方？」

沙凡說：「回家。」

「大巡遊剛開始，」沙勇說。

「回家去看電視，舒服得多。」沙凡說。

「你們回去吧，我不回！」

沙勇的執拗使沙凡不知道應該怎樣做才好。他不願掃兩個孩子的興；可是，妻子堅持要回去，他是不能不陪她回去的。

沙太彷彿故意與兒子鬥氣似的，放開嗓子嚷：「你們在這裏看吧！我回家去！」說著，側轉身子，用力往人堆中亂擠。

沙凡捉住她的手臂，對她說：「要走，一起走！」然後轉過臉對沙勇與沙娟說：「回去吧！」

沙娟點點頭。沙勇搖搖頭。

「你們先回去，我要在這裏看大巡遊！」沙勇說。

沙凡見他如此固執，倒也有點惱怒了，拉著沙娟，陪妻子擠出人堆。

走到溙咸道，才雇到的士。進入車廂後，沙太仍在嘀咕，說是那對皮鞋是新買的，少了一隻，就要另買一對。

回到家，沙娟立刻扭開電視機。沙太走去沖涼。沙凡則坐在沙發上吸菸。

電視台仍在轉播大巡遊。

電視機顯示的大巡遊情景，是如此的美麗，使沙娟忍不住說了這樣的話：

「剛才，我們做了一件蠢事。我們原無必要走去人多擠塞的彌敦道的。坐在家裏看電視轉播，不但舒適；而且看得更清楚。」

正在吸菸的沙凡，聽了沙娟的話，點點頭。「是的，」他說，「剛才，我們實在沒有必要走去彌敦道的。」

「阿哥真傻！」

「精力過剩的人，有時總會做些愚蠢的事情出來。」沙凡狠狠吸了一口已吸去半截的香菸，鼻孔就像煙囪般冒出兩條煙龍。

這時，螢光幕出現一輛裝置得非常美麗的花車。車上有耀眼的燈飾，也有打扮得十分花枝招展的美女。車子的形狀變成一條鯉魚；「鯉」與「利」同音，討個好口彩，在平坦的柏油路面駛過時，引起許多觀眾的好奇；但沒有掌聲與喝采。

沙凡心裏很明白，因為這是一家證券交易所的花車。花車上還用忽明忽暗的電燈顯示指數由五百點升上千七點，甚至千七點以上。

這原是大部分香港居民的願望。

但是，花車是花車；事實是事實。花車上的燈飾顯示指數在直線上升，並不等於實際的指數也在上升。相反，人們見到這輛花車時，總不免有點悲哀。指數千七點，已變成一種痛苦的回憶。許多人在千七點時買入的股票，現在，只剩一二成了。

甜夢變成惡夢。

在參觀花車大巡遊時，見到這樣的花車，當然沒有心情鼓掌或喝采。

大巡遊結束時，沙太扭熄電視機，對沙娟說：

「時候已不早，你應該睡了。」

「讓我再看一會。」沙娟說。

「睡吧，」沙太說，「不要養成遲睡的習慣。」

「阿哥還沒有回來。」

「大巡遊已結束，他就會回來的。你先回房去睡。」沙太說。

「讓我再看一個節目。」沙娟懇求。

「不行，」沙太說，「明天是星期一，你要返學，不能睡得太遲。」

沒有辦法，沙娟只好回房安睡。事實上，在彌敦道看花車時，耗損不少精力，需要用睡眠補償。因此，一合眼，就沉沉入睡。睡後，做了一場夢，夢見許多花車猶如遊樂場的旋轉木馬一般兜過來，兜過去。……

然後她被客廳裏的談話聲吵醒。

父親：「為甚麼不喊？」

哥哥：「近處沒有警察。」

父親：「不管有沒有警察，既然遇劫，就該喊叫！」

哥哥：「劫匪手裏有刀。」

母親：「除了身上的五十元，還有別的損失嗎？我的意思是：手錶有沒有被搶走？」

哥哥：「也被搶去了。」

父親怒責：「現錢與手錶都被搶去，你竟不喊不叫？」

哥哥：「劫匪手裏有刀。」

父親：「就算劫匪有刀，你也應該喊叫的！報紙上常常刊出新聞，證明事主喊叫，破案的機會比較大。」

母親：「我不贊成喊叫。喊叫非常危險。」

父親：「有甚麼危險？」

母親：「有許多事主受傷，都是因為反抗的關係。」

父親：「反抗與吶喊不同。」

母親：「話雖如此，我依舊認為：喊叫是十分危險的。」……

接著一片沉靜。沙娟側轉身子，睡著了，進入另一個夢境。

沙娟夢見地震：整幢大廈搖呀晃的，不但玻璃杯裏的茶潑翻了；連掛在牆上的字畫與擺設也掉落在地。這是非常可怕的景象，從未經驗過。

「我怕！」沙娟抱住父親。

父親故意裝作非常鎮定的模樣。「不要怕，」他說，「這裏並不屬於地震帶，縱有震動，也不會造成災禍。」

語音未完，整幢大廈彷彿患了瘧疾的病人一般，震盪不已。

「快逃！」母親歇斯底里嚷了起來。

電梯口擠滿了人。

「快！」父親說，「從太平梯走下去。」

走下三層，房屋不再震盪。樓梯上黑壓壓地擠滿逃難的人。母親說話時，聲音發抖：

「頭暈！」

大家拚命朝人群中推擠，但求早些擠出大廈。震盪雖已停止，卻是暫時的。

擠出大廈，父親伸手一指：「快！那邊有山路，趕快奔上山去！」

四個人疾步狂奔，奔到山腳，母親喘得連氣也透不轉。她需要休息。但是，父親捉住她的手，奔上山去。

山路也有不少人在逃命；不過，情況比在電梯中的時候好得多。

奔到山腰，母親必須坐下來喘息了。父親游目四矚，見鄰近沒有高樓大廈，就揀了一塊大石坐定。事實上，奔了那麼多的路，他自己也需要喘口氣了。

「這裏比較安全些，」他說，「即使再發生地震，也不至有太大的危險。剛才，實在太可怕了。幸虧震動的程度不算強烈，要不然，大廈倒坍，我們擠在樓梯上，早就沒有命了！」

「現在看來已沒有事了。」沙娟說。

「很難講。」父親說。

「你的意思是：大地震隨時會發生。」

「一點也不錯。」

「既然這樣，我們應該找個安全的地方躲避才對。」沙勇說。

「沒有安全的地方；不過，山頂沒有建築物，情況會好些。」

一家人繼續朝山頭走去，走上山頭，大地震開始了。

這一次的震動非常激烈，若非抱住大樹，就會因不能保持身子的平衡而跌倒。

整座山在震動。

山下的高樓大廈，在地震中，紛紛倒坍。那些高樓大廈，猶如兒童的積木，一下子倒坍了。

那些高大的建築物相繼倒坍，發出的巨響，驚心動魄。

震動的時間相當長，不但大部建築物都已倒坍，連地殼也裂開了。

地殼裂開時，房屋、車子、樹木、人、畜生……同時跌入裂開的罅隙。從山上望下去，那裂開的罅隙就是可怕的深淵。他們不知道那黑暗的深淵裏有些甚麼；但是有一點卻是可以肯定的，所有的生物跌入深淵後必會死亡。

極目所至，除了倒坍的建築物之外，便是大火。

……沙娟醒了。

07

「為甚麼要實施燈光管制？」沙娟問。

「節省能源。」沙凡答。

「為甚麼要節省能源？」

「阿拉伯國家減少石油生產。」沙凡點上一支菸。

「阿拉伯國家為甚麼減少石油生產？」

「因為，」沙凡吸了一口菸，將菸靄與話語一同吐出，「以色列在一九六七年的六日戰爭中占領了阿拉伯的領土。」

「以色列為甚麼占領阿拉伯國家的領土？」

「因為阿拉伯國家攻擊以色列。」

「現在，阿拉伯國家又攻擊以色列了。」

「經過一場激戰後，戰事已結束。」

「阿拉伯國家為甚麼攻擊以色列？」

「因為以色列在六日戰爭占了阿拉伯國家的領土。」

「以色列為甚麼不將占領的領土還給阿拉伯國家？」

「以色列本土太小，將占領的土地還給阿拉伯國家後，遭受突襲時，無法防守。」

「除了戰爭，難道沒有別的辦法可以解決？」

「以色列與阿拉伯國家就要在日內瓦舉行和會了。」

「既然這樣，阿拉伯國家為甚麼要減產石油？」

「他們希望用這種手段逼使以色列放棄所有的占領區。」

「以色列肯放棄已經占領的地區嗎？」

「根據報紙上的報導：以色列願意放棄一部分占領的地區；不過，他們希望獲得防守的條件。」

「這樣，問題不是可以解決了？」

「問題還沒有解決。」

「怎麼樣？」

「阿拉伯國家要收回所有被占的地區。」

沙娟聳聳肩，意識到這事情的複雜性，不再提出別的問題。這不是說：從沙凡的回答中，她對中東局勢已有進一步的認識；相反，她卻更加糊塗了。

她走去扭開電視機。

「功課做好了沒有？」沙凡說出這句問話後，將菸蒂撳熄在菸灰碟中。

「做好了。」沙娟答。

沙凡對電視節目不太感到興趣，戴上老花眼鏡，開始閱讀晚報。

沙太做廚房工作。

稍過些時，沙勇從房內走出，沙凡抬起頭來，脫下眼鏡，望望身上穿得整整齊齊的兒子。

「出街？」他問。

「看電影。」沙勇答。

「九點半那一場的電影？」

「是的，九點半那一場。」

「看甚麼電影？」

「國語打鬥片。」

「明天去看。」

「這是最後一天了；九點半是最後一場。」

「但是，散場已是十一點半了。」

「這有甚麼問題？」
「難道你忘記了？」
「甚麼？」
「今晚實施燈光管制。」
「實施燈光管制只是管制那些霓虹燈招牌，街燈還是亮的。」
「街燈是淡藍色的，不十分明亮。」
「怕甚麼？」
「現在，治安這樣壞，晚上沒有事，最好不要出街。何況，今晚實施燈光管制。」
「實施燈光管制，並不等於完全沒有燈光。怕甚麼？」
「還是在家裏看看電視吧。」
「今晚不去看，明天就換畫了。」
「上次，看大巡遊時，燈光通明，尚且被搶走了手錶與錢；今晚，實施燈光管制，大有可能再一次遇到壞人。」
沙勇很固執，不理父親的勸告，還是出街去看九點半那一場的電影了。
沙凡嘆口氣，繼續閱讀晚報。
剛做完廚房工作的沙太，聽到關門聲，三步兩腳走了出來。

「阿勇出街？」她問。

「是的。」沙凡答。

「出街買東西？」

「看九點半那一場的電影。」

「九點半那一場電影？」沙太大聲問，「今晚實施燈光管制，難道他忘記了？」

「他一定要看，我有甚麼辦法？」

「治安這樣壞，每天不知道有多少宗劫案，不實施燈光管制，尚且到處有遇劫的危險；現在，外邊黑黝黝的，無異給劫匪製造打劫的機會，怎麼可以走出去？」

「他的脾氣，你不是不知道的。」

「他的脾氣？講這些做甚麼？」沙太的嗓子提得很高，聽起來，像雞叫：「他是一個小孩子，懂甚麼？」

沙凡見妻子發了脾氣，不願多講，翻開晚報，繼續閱讀。視線落在報紙上，卻變成「暫時的文盲」，不明白那些用油墨印出來的文字代表甚麼意義。

●

凌晨兩點，阿勇回來了。

「你在甚麼地方？」沙太問。

「灣仔。」沙勇答。

「到灣仔去做甚麼？」

「看燈。」

「現在，正在實施燈光管制，哪裏有燈可看？」

「起先，我只想走去看看燈光管制的情景；到了灣仔，才發現事情與我的想像並不一樣。」

「灣仔有燈？」

「一點也不錯，灣仔有燈。」

「這是怎麼一回事？」沙太問，「全香港都在實施燈光管制，灣仔怎會例外？」

「灣仔不是例外。」沙勇說。

沙凡聽到這裏，倒也有點不耐煩了，兩眼一瞪，厲聲對沙勇說：

「你講話前後矛盾！」

「矛盾？」

「一會兒說灣仔有燈；一會兒說灣仔也受燈光管制，豈不是矛盾？」

「灣仔的確有燈。」

「屋內的燈？」

「掛在店鋪外邊。」

「我不明白你的意思。」沙凡說。

沙太也不耐煩了，提高嗓子問沙勇：「究竟是怎麼一回事？」

沙勇嚥了一口唾沫，說：「有些酒吧，因為不能開霓虹燈招牌，想出一個辦法：在門前掛大光燈！」

「汽燈[8]？」沙太問。

「是的，有些酒吧在門口掛了汽燈代替霓虹燈，這樣一來，街道雖不像平時那樣到處是霓虹燈，倒也並不黝暗。相反，有了這些大光燈之後，整個酒吧區別具一番情調，值得參觀。」

沙勇講得這麼輕鬆；沙凡臉上依舊露著過分嚴肅的表情。他說：

「時候不早了，快去睡吧！」

8 現代煤油燈。

08

星期六，有人請沙凡夫婦到九龍一家酒樓去吃晚飯。由於當局實施燈光管制，請客的人提早六點半入席。

沙凡搭乘天星小輪過海，在尖沙嘴計程車候車處輪車。雖然六點剛過，天色已暗。

「為了節省燃料，應該恢復夏令時間。」沙凡說。

「節省燃料，單靠政府的法例，不會得到太大的效果，」沙太說。「如果香港市民肯協力節省用油的話，這難關必可度過。譬如說：有車階級少遊車河；或者每一個家庭少開一兩盞電燈，就可以省下不少燃料。」

「夜香港原是很美麗的；但是現在……」沙凡嘆了一口氣。

「表面上的美麗，有甚麼用？」沙太說，「幾年前，即使深更半夜在偏靜的街道上行走，也不會想到遇劫的事；現在，搭巴士、搭電梯、入公廁，甚至在鬧市行走，都有可能遇到劫匪。像這樣的社會，外表的美麗有甚麼用。那種美麗，猶如花紙一般，將醜惡包裹起來，不讓別人見到醜惡。」

沙凡聳聳肩。

計程車很少。

九龍的計程車似乎比港島少。在港島，除了交更[9]時間，搭乘計程車，不會有甚麼困難；在九龍，搭乘計程車，總要浪費相當多的時間才可以搭到。

沙凡夫婦在候車處等了一刻鐘左右，才輪到一輛。當他們抵達酒樓時，六點半已過。客人們已入席。沙凡夫婦不得不同主人道歉，並說出遲到的理由。

這頓飯，吃了一個多鐘頭。席散，大家匆匆離去。雖然距離熄燈還有兩個多鐘頭。大家總覺得坐在家裏比較安全。

沙凡夫婦僱車到紅磡去搭乘渡海小輪。進入碼頭，買一份晚報。沙凡喜歡坐在小輪上閱讀報紙。

從紅磡到北角，搭乘小輪，需時一刻鐘左右，利用這段時間閱讀報紙，是最適當的。不閱讀報紙，就會覺得無聊。

當他正在閱讀「港聞版」時，渡輪已駛近北角碼頭。零亂的腳步聲，使沙凡吃了一驚。他放

9 工作換班。

下手裏的報紙，抬起頭，望望前邊，幾十個搭客聚集在船頭，擠在船窗邊，觀望窗外的景物。這種突然形成的情勢，引起沙凡的好奇。

「出了甚麼事？」他問。

「不知道。」沙太答。

這時候，更多的搭客擁向前艙，伸長脖子，觀看窗外的景物。

「他們在看甚麼？」沙凡問。

「不知道。」沙太答。

沙凡好奇心起，走去窗邊觀看窗外的情景。使他感到驚詫的是：整個北角區變成黑暗世界了，不但沿海的貨倉漆黑，連廉租屋區也沒有燈火。這種情景，是很少出現的。因此，使大部分搭客都感到好奇。

「連碼頭也不見了！」甲說。

「見不到碼頭，渡輪怎能靠岸？」乙問。

「碼頭上沒有燈火，」甲說。

「還有一盞燈亮著！」乙伸手一指。

「是的，我也見到了，」甲說。

「這是怎麼一回事？」乙問。

「停電。」甲說。

「我當然也知道停電;不過，怎會停電的?究竟發生了甚麼事情?」

「燈光管制?」

「不，不是燈光管制。」乙說，「燈光管制規定在十點半熄燈;但是現在，才不過八點半。」

「是的，八點半是不會熄燈的。」

「既然這樣，岸上怎麼會一片漆黑?」

「誰知道?」

「在黑暗中，渡輪靠攏碼頭時會不會發生危險?」

「碼頭上還亮著一盞燈。」

「單靠一盞燈的微弱光芒，不會有甚麼幫助。」

渡輪泊碼頭時，並沒有出現驚險的事情。

摸黑走出碼頭，連石級也見不到。沙凡夫婦隨著人群走出碼頭時，特別小心。由於周圍沒有燈光，必須用腳去搜索石級。

走出碼頭，發現整個廉租屋村也是黑黝黝的，只有海邊的海鮮檔有燈光。

巴士總站也沒有燈火。不過，大部分巴士的車廂卻亮著燈。

在黑暗中，即使最微弱的光線也會給人以一種安全感。沙凡夫婦見到巴士有燈，就在黑暗中穿過馬路，走去搭乘巴士。

因為是總站，巴士停在那裏，雖然允許乘客上車，卻不馬上開行。

坐在車廂裏，沙太抬頭望望廉租屋。廉租屋深暗如墨，只有極少數的窗子裏有燭光。那些蠟燭發散出來的光線，昏黃不明，微弱得可憐。

「不知道我們家裏會不會停電？」沙太問。

「鰂魚涌大概不會是例外。」

「要是停電的話，就不能搭乘電梯了。」

「不能搭乘電梯，可以從太平梯走上去。」

「不能，不能。」

「為甚麼？」

「香港治安這樣壞，不停電的時候，從太平梯走上去，還不成問題；現在停電了，摸黑上樓，有極大的可能會遇到劫匪。」

沙凡取出菸盒，點上一支菸：「回到家，看過情形再說吧。也許我們那裏不停電。」

沙太望望碼頭。

碼頭黑黝黝的，與平時習見的情形大不相同。憑藉海鮮檔的燈光，沙太見到黑黝黝的碼頭裏仍有人群猶如潮水般湧出。

更多的人走來搭乘巴士。

車廂頓時熱鬧起來。

乘客們七嘴八舌，都在談論停電的事。沒有人知道停電的原因，大家嘩啦嘩啦地作了一些毫無根據的猜測。

使大家感到憂慮的是，停了電之後的治安。有一個講話聲音特別響的人說：

「不停電，尚且到處發生劫案；現在停了電，等於給劫匪一種保護，使他們更加便於行事！」

於是，話題從停電轉到治安。

提到現階段的治安，大家都有太多的怨言。有一個老頭子，抖著聲音告訴大家：他的兒子，在三個月之前，從銀行提了一筆款子回家，走上樓梯，遇到劫匪，因為不甘損失，被劫匪刺死了！

一個肥胖得近乎臃腫的中年婦人告訴大家：她已兩次遇到劫匪，一次在街市；一次在電梯裏。

一個提著書包的學生告訴大家：半個月之前，有五個劫匪闖入他們的家，將他們家裏的現款與首飾搶去了。

這時候，司機進入駕駛位，發動引擎，將巴士朝英皇道駛去。

有些乘客仍在談論香港的治安問題；但是，沙太的注意力卻被窗外的景色吸引住了。

窗外，並不是一片漆黑的。

除了街燈外，有些建築物依舊像平時那樣，燈光通明。
「不是全區停電。」沙太說。
「是的，有些建築物並沒有受到停電影響。」沙凡說。
「希望我們住的地方不停電。」
「停電的範圍相當大。」沙凡說。
「使我不明白的是：同一個區域內的建築物為甚麼有的停電，有的不停？」
「我也不知道。」
巴士朝鰂魚涌駛去時，車廂裏的乘客仍在談論治安問題。
「為甚麼當局不拿出有效的辦法來？」大聲公問。
「當局不是推行過撲滅罪行運動了？」老頭子用揶揄的口氣說。
胖婦說：「撲滅罪行運動並沒有撲滅罪行，反而使罪行增加了。」
巴士抵達鰂魚涌，沙凡夫婦下車。有些建築物並未受到停電的影響，但是大部分建築物都沒有燈光。沙凡他們住的那幢大廈也沒有。
走入大廈，管理處點著兩支蠟燭，雖然昏黃不明，總比一片漆黑好。
電梯口聚著一群人。
有一個女人在埋怨：「消防局的車子怎麼還沒有來？」

看更人大聲說：「早已打過電話！」

有個中年男子用微弱的聲調說：「停電的區域相當大，消防局的工作人員一定忙得連氣也透不過了。」

沙凡走近人群，憑著管理處的燭光見到鄰人王伯，問：

「出了甚麼事？」

「有兩個孩子在電梯裏。」王伯答。

09

十二月二十三日

從早晨九點開始，港島與九龍幾個旺盛地區就黑壓壓的擠著越來越多的人群。人們猶如潮水般走進茶樓。人們猶如潮水般走出茶樓。人們趕去看雜技團表演。人們趕去看早場電影。人們到最近的公園去散步。到處瀰漫著聖誕節的歡樂氣氛。

聖誕節前，中環的聖誕裝飾是美麗的。中環擠著太多的人。

歌聲。

有人在皇后像廣場唱歌。

靈詠歌唱團。來自美國的。免費。

「耶穌愛你——在祂那裏你能找到人生真愛、真正的平安、喜樂、滿足……。」台上的男歌者蓄著鬍鬚。台上那個蓄著鬍鬚的男歌者將嘴巴湊在麥克風前要求所有的聽眾合唱。他說：那首歌是人人會唱的。儘管他在麥克風前大聲喊大聲嚷，台下沒有人張開嘴巴唱歌。這首歌，不一定人人會唱；也不一定人人不會唱。台上的人，唱得很起勁。台上的人默默地睜大眼睛。

天黑了。

聖誕節的燈飾，使心境沉重的人也輕鬆起來了。

聖誕節的燈飾，使人們暫時忘記這是一座「匪城」。

聖誕節的燈飾，使人們暫時忘記物價正在瘋狂上漲。

聖誕節的燈飾，使這座充滿了問題的城市披上一件彩色的外衣。

電影院裏擠滿觀眾。

酒樓裏擠滿食客。

百貨公司擠滿顧客。

教堂裏擠滿信徒。

這天晚上，幼稚園的孩子們在教堂裏聚餐；在教堂裏演戲；在教堂裏演耶穌誕生那一幕。有三個小孩子在戲台上爬行、扮羊。他們的動作，引起似雷的掌聲。

十二月二十四日

股市又跌。恆生指數跌到四百點。交投疏落。四會全日成交總額只有三千多萬元。

聖誕大餐每客八十元。

游泳來港難民有不少凍死在海中。

以賽亞說：「有一個嬰孩為我們而生。」

聖誕前夕狂歡餐舞會，每位五十元。奚秀蘭。張慧。高小紅。推出應節歌唱喜劇。

高級洋樓，四面單邊，特價九五折。

天氣乾燥，天文台懸出紅色火警訊號。火警危險比平時多五倍。

新界有兩處發生火警。

油麻地小輪公司透露：明年開辦水上巴士。

聖誕卡猶如雪片湧來。聖誕快樂。這是快樂的聖誕嗎？

燈光必須加以管制。

黑黝黝的平安夜。教堂裏的鐘聲與歌聲。提早報佳音。提早回家去看電視。電視台安排不少聖誕節目。看電視用不到花錢。

愛麗絲幻遊仙境。聖誕最佳電影。我父我夫我子。聖誕最佳電影。傻瓜大鬧超級市場。聖誕最佳電影。無敵女金剛。聖誕最佳電影。密探霹靂火。聖誕最佳電影。……

「今晚到甚麼地方去吃聖誕大餐？」

「今晚在家裏吃飯。」

「今晚到夜總會去狂歡，好不好？」

「今晚到教堂去聽道。」

教堂是熱鬧的。教堂舉行「聖誕燭光音樂崇拜」。救主於今晨誕生，我眾來歡迎；天人諸榮耀，完全歸主一身，大哉父真道藉肉體，來顯明。

夜間的歌曲。

聖誕消息。

平安夜，聖善夜，萬暗中，光萬射，照著聖母也照著聖嬰，多少慈祥也多少天真……

教堂裏有一棵掛滿綵燈的大聖誕樹。教友們手中的蠟燭。美國著名靈詠歌唱團蒞港獻唱。教堂最熱鬧。

這是聖誕前夕。大家都很快樂嗎？石油價格提高。耶路撒冷的大主教前往耶穌誕生的地方，主持聖誕前夕的宗教儀式。

聯合國和平部隊在西奈沙漠慶祝聖誕來臨。

聖誕狂歡舞會，奉送名貴禮品。

寧靜的平安夜。
黑黝黝的平安夜。教徒們在教堂做禮拜；飛仔飛女[10]在派對裏狂歡。

十二月二十五日

天氣很冷。天文台錄得最低溫度紀錄是七度。九龍仔大坑區發生大火。燕窩雞茸湯。法國炸豬排。燒火雞。聖誕布甸。咖啡或茶。聖誕禮物一份。
今年物價狂漲。
報紙說：平安夜，酒樓夜總會生意不大好。
公益金逾四百五十萬。警察對南華。尼古拉斯主教就是聖誕老人。
捐血救人。
報攤上有本雜誌。雜誌的封面印著這樣幾個字「困難的明年」。
今年雖困難，總算挨過了。明年更困難。
到老人院去派發聖誕禮物。
旺角洗衣街公園附近發生兇殺案。
工展會[11]有許多遊客。

南斯拉夫奧夫基隊由印尼飛抵香港。
教堂的祝福鐘聲又響了。

十二月二十六日

聖誕節的次日，天氣依舊寒冷。濕度依舊很低。
郵差是辛苦的，到處派送遲到的聖誕卡。
十點半。有人派發印刷品。
「人類餘日無多了嗎？」
一個可怕的統計數字。據說：需要糧食維持的人，每日增加二十萬。
日報上仍有太多的搶劫新聞。
為了進一步節省能源，電視台即將縮短播映時間。
沒有歡樂的氣氛。百物騰貴。治安太壞。股市大跌。燈光管制。一點歡樂的氣氛也沒有。

10 街頭混混，也稱阿飛。
11 香港規模最大的工業產品大型展覽會，旨在推廣香港製造的工業產品。

五名匪徒在元朗搶劫遊客。

聖誕新年大減價。歲晚清貨，不計成本，全部名廠出品，一律五折。

日本歌劇團。

新界農作物受到慘重的損失。氣候繼續寒冷，太多的塘魚凍死了。

精工對消防。

海洛英市價創新紀錄。冬旱。濕度太低。皮膚裂開了。有人到北海道去賞雪。有人到炎熱的菲律賓去度假。

嘆息。

另一聲嘆息。

沒有歡樂的氣氛。響應節電法例，更改夜場時間。紙荒嚴重。青衣大橋落成。

上海街洋服店被劫。

工展遊客有希望獲得獎金。

剎車。招請有經驗粥麵腸粉人才。三院派發寒衣。新界發生山火。韓警司辦理上訴。木屋平售。

幸運抽獎可得洋樓一層。

請於一九七三年十二月尾到本公司辦理補交按金及簽約等手續。

專門報稅做數。

商務考察。旅遊移民。增肥藥。電影明星暢遊佛都歸來。輔政司慰問大坑西災民。大肚小鳳仙。不要吃太多的食鹽。婦科水。本劇團又一榮譽貢獻。聖芳濟堂舉行兒童聖誕聯歡會。這是黑色聖誕。

10

逛過工展，回家。沙太說：

「每一屆都差不多。」

「是的。」沙凡說，「每一屆都差不多。」

「聽說這是最後一屆了？」

「是的，這是最後一屆。」

「要是港府肯撥出一塊地皮，建立一個永久性的工展會，附設大規模的遊樂場，使市民與遊客可以多一個去處，對廠商也有相當大的利益。」

「如果這個建議能夠成為事實的話，當然是很好的；不過，遊樂場的管理很成問題，萬一變成阿飛竇[12]，市民與遊客都不會去參觀了。」

回到家。

沙凡讀晚報，才知道租住權已獲保證。他很興奮，大聲對妻子說：

「我們目前住的這層樓，租住權已獲得保證，即使業主要加租，也不能超過現有租值百分之二十一。」

「在這種情況下，」沙太說，「我們沒有理由放棄租賃權。」

「是的，」沙凡說，「租住權既已獲得保障，我們沒有必要搬去別處居住了。」

「這件事，對我們很有利。」沙太說。

沙凡點點頭：「以前唯恐租金瘋狂上漲，無法負擔。現在，新管制法例已通過，所有戰後興建的住宅樓宇的租住權都獲得保障，業主即使要加租，最多只能加百分之二十一。業主既然不能亂加租，我們就沒有理由放棄這層樓的租住權。」

「這實在是一個好消息！」沙太說。

II

香港人每年過兩個新年。兩個新年都要慶祝。

先過陽曆年。

賀年卡猶如雪片一般飛來飛去。恭賀新禧。一年之計在於春。

股市大跌。石油價格上漲。燈光放寬管制。夜香港仍缺乏應有的熱鬧。這是大除夕。

除夕大餐每客三十五元。餐單上寫著許多好看的字眼。

報紙休息一天。

元旦還是有報紙的。二日沒有。元旦的報紙刊出許多電影院的廣告。

看電影的人，少了。看電影的人寧願坐在家裏看電視。電視節目毋需付錢。電視節目精采。《歡樂今宵》在澳門演出。熟悉的藝員；熟悉的節目，卻在陌生的戲院裏演出。

午夜十二點。

螢光幕上的藝員們歡呼。港海有嗚嗚的汽笛聲。教堂響起祝福鐘聲。

每一個人好像都很快樂。

為了迎接新年的來臨，每個人都表現得很快樂。這是偽裝的興奮嗎？

在現實生活中，每一個人都很會演戲。

一九七四年來了。

一九七四年的來臨是一件值得高興的事？

通貨膨脹。人工指數下跌。百物騰貴。生活的擔子越來越重。世界經濟陷於大混亂。七四年的世界經濟可能更混亂。石油價格會漲得更高。紙荒嚴重。建築材料瘋狂上漲。

年晚銀行拆息急降。

金價上升九元。有一部電影名叫《神龍猛虎闖金關》。有錢人企圖以黃金作為保值物品。窮人不知道怎樣度過年關。

不景氣。

經濟前景並不樂觀。一九七三年最好的電影是哪一部？有人喜歡《教父》。有人喜歡《奪命判官》。有人喜歡《富貴貓》。有人喜歡《海神號遇險記》。有人喜歡《歌廳》。

業主與住客。二房東與三房客。香港有四百多萬人口。戰前興建的樓宇。戰後興建的樓宇。太高的租金、太低的租金。當局對公平市值有所解釋。香港的屋荒未解除。加租。加租。加租。這一次，據說只准加百分之二十一。夏季時間。冬季時間。撥慢一小時。撥快一小時。時間即金錢。

許多人在浪費時間。

有一首歌叫做〈在一個星期六的夜晚跳舞〉。

有一首歌叫做〈你再也找不到第二個像我這樣的傻瓜〉。

搶劫。

快樂的新年。到處是劫匪。外國人說：「香港是一座匪城。」

12

過了陽曆新年，大家又忙著過舊曆新年。所謂「忙」，只是忙於解決一些必須解決的現實問題，並不含有喜悅的成分。在此之前，過新年總是一件應該高興的事；現在，大家的心情顯已改變。儘管中環依舊有美麗的燈飾；儘管大小商店正在舉行歲晚大減價，香港人的心情與往年不同。

今年，股票大跌，香港人的財富打了一個很大的折扣。

今年，能源供應短缺，美麗的夜香港失去了原有的絢爛。

今年，百物騰貴，生活的擔子越來越重。

今年，治安壞到了極點，到處發生劫案，警方維持治安的能力已受到嚴重的考驗。

今年，紙價漲到了最高峰。

今年，塑膠原料的供應發生困難。許多塑膠工廠發生困難；許多塑膠工人失業。

今年，失業的人數比往年更多。……

現在，舊曆新年要來了。對大部分香港人，舊曆新年是一道「關」，不能不過；卻又不容易過。

13

門鈴響了。沙凡三步兩腳走去應門，原來是表弟丁綬樹。

「很久不見了，」沙凡說，「你怎麼樣？還在揸車[13]？」

坐定，丁綬樹答：「我那輛的士已經賣給別人了。」

「賣給別人？為甚麼？」

「那時候，的士正在跌價，有人肯出八萬元收買，我就將車子賣了給他。當我賣出車子的時候，的士只值六七萬元，八萬元的價錢算是相當高的了。」

「但是，」沙凡問，「你是一個揸的士的人，賣掉的士，豈不是沒有收入？」

「這幾個月，我一直沒有找到工作。」丁綬樹說。

「不做工，就該好好運用賣車所得的八萬塊錢才對。」沙凡說。

丁綬樹嘆口氣，作了這樣的解釋：

「當我賣車的時候，大家都說股市已低到無可再低，在這個時候入貨，一定可以賺大錢；因此，我將賣車所得的八萬元全部買了股票。」

「買哪些股票？」

「美漢與華光地產。」

「甚麼價錢入的？」

「美漢二元七毫半；華地一元九。」

「現在都綁住了？」

「是的，現在只得一半了。」

「這是沒有辦法的事，」沙凡說，「這一次的跌市，使許多人在經濟上蒙受極大的損失。」

「但是，」丁綬樹說，「我買入這些股票時，指數很低。許多人都說：股市已低到無可再低，買入後，有極大的可能會賺錢。因此，就將賣車所得的錢全部買了股票。可是，怎樣也想不到，股市竟會繼續下跌；而且跌得那麼慘。」

沙凡牽牽嘴角，露了一個不很自然的笑容。

「大家的情形都差不多，般市從千七點跌到四百點，除非完全不買股票的人；否則，一定損手爛腳。現在，只好將它當作事實來接受了，索性將股票過戶，收息吧。」

13 開車，此處是指開計程車。

丁綬樹嘆口氣：「如果我仍在揸車的話，遇到這種事情，還不成問題；可是，我已將車子賣掉，單靠收息，怎能維持一個家庭的開支？」

「你應該設法找工作做才對，賦閒在家，不是辦法。」

「我原可以租車來揸的；但是，最近胃病常常發作，揸車太費力，不合適。」

「不做工，坐吃山空，別說手上只有那麼一些股票，就是有一百萬在手，也會吃光。」

「我就是因為有了困難才走來找你。」丁綬樹說。

「找我做甚麼？」沙凡問。

丁綬樹低下頭，沉默幾秒鐘之後，說：「快要過年了，手上一點錢也沒有，老婆吵著要辦年貨，不得不走來跟你商量。」

「為甚麼不將手上的股票賣出？」沙凡問。

「股市跌成這個樣子，現在將股票賣出，至少要蝕一半！」

「依我看來，股市一時未必會回升。」

「股市是有漲有跌的，」丁綬樹說，「現在，各類股票的市價已低到無可再低，繼續下跌的可能性不大。」

「股市像黃霉天的氣候，忽晴忽雨，極難預料。」

「正因為這樣，我相信這股市總不會老是這樣淡沉的。」

沉默。

經過十秒鐘的沉默後，沙凡用低沉的語調問：

「需要多少？」

「五千。」

沙凡眉頭一皺，一說：「如果我有辦法的話；我一定拿給你，問題是：我的情形跟你一樣，所有的積蓄都已變成股票。現在，年關已迫近，需要用的錢很多。」

聽了這一番話，丁綏樹的眼眶裏噙著晶瑩的淚水。

「我必需有五千塊錢，」他抖聲說，「要不然，這個年就無法過了！」

「到別處去想辦法。」

「我要是有辦法的話，也不會走來找你了。」

「我自己也有許多問題需要解決，哪裏有餘錢拿給你？」

「無論如何幫我想想辦法！」丁綏樹低下頭去，用手帕印乾眼淚。

沙凡想了想，從衣袋裏掏出兩百塊錢，送給丁綏樹。

丁綏樹接過鈔票後，說：「兩百塊錢有甚麼用？」

「到別處去想想辦法。」

丁綏樹站起身，走了。當他離去時，神情好像從火線撤退下來的敗兵。沙凡送他到門口，對他說：

「對不起，我不能給你更大的幫助。」

丁綬樹彷彿沒有聽到似的，垂頭喪氣朝電梯口走去。他的心裏有了一個難題。這個難題，猶如一塊鐵，吊住那顆心，使他感到難忍的痛苦。

14

舊曆大除夕，吃過團年飯，沙凡一家四口搭乘電車到維多利亞公園逛花市。對於香港人，儘管花市的「外表」與「內容」年年一樣，逛花市總是過新年的一個重要節目。

雖然百物騰貴、雖然市況蕭條、雖然通貨膨脹、雖然治安那麼壞，花市依舊像往年那樣，充滿熱鬧的新年氣氛。

沒有爆竹聲。

沒有爆竹聲的新年，不像新年。

逛花市，聽不到爆竹聲。

過舊曆新年，年花是不可或缺的裝飾。對於那些迷信的商人，年花是一種象徵。它象徵希望。

沙凡並不迷信。

站在花檔[14]前欣賞年花時，他也要買水仙與四季桔。

沙太不贊成將金錢浪費在年花上。

沙凡說：「水仙與四季桔都不貴。」

沙太將頭搖得如同撥浪鼓一般，壓低嗓子說：「今年百物騰貴，可省則省，年花之類的東西不必買。」

沙凡說：「年花與果盤一樣，會增加新年的氣氛。沒有年花，不像過年。」

沙太很固執，說甚麼也不同意沙凡購買年花。她說：

「年花與爆竹都是過新年的一種點綴，有與沒有，都不成問題。這幾年，政府一直禁止燃放爆竹，過年時，沒有一點爆竹聲，新年的氣氛卻沒有因此而減少。」

「但是，」沙凡說，「水仙花與四季桔都不貴。」

沙太說：「如果是往年，買些年花回去，我絕對不會反對……今年，情況不同了。生活擔子這樣重，節省還來不及，哪裏有餘力將金錢浪費在年花上？」

第二天是年初一。

起身，第一件事就派利，是給亞勇與亞娟，每人十元。

亞勇與亞娟嫌少，說是物價高漲，十塊錢買不到甚麼東西。

沙凡默然不語。

沙太用裂帛似的聲音嚷起來：「十塊錢還嫌少？你們既然知道物價高漲，就不會不知你們阿爸維持這個家的生活是多麼的吃力。」

沙勇板著面孔，走入臥房。

沙娟板著面孔，走入臥房。

沙太嘆氣。

沙凡嘆氣。

15

舊曆新年期間，原已漲得很高的物價又上漲了。
米價上漲。
麵粉的價格上漲。
石油產品的價格上漲。
紙價上漲。
水泥的價格，過年前每噸二百六十元；過年後，黑市炒到每噸六百元左右。
九龍電費由每度一毫七仙漲到兩毫四仙。
香港電費由一毫七仙加到兩毫三仙半。
廁紙一漲再漲。
根據報紙的報導：副食品也普遍提高了。
據說：九龍半島的計程車在不久的將來也要漲價了；首里加百分之五十；以後每里加百分之

二十五。

據說：教科書也漲價了，漲幅相當大！

據說：渡海小輪也在考慮提高票價！

漲！漲！漲！一片漲價聲！在新春期間，漲價聲代替了爆竹聲！

16

「現在，」沙太說，「我們應該買些東西了。」

「買甚麼？」沙凡問。

「白米、廁紙、罐頭食物。」

「你當然不會不知：這次物價的上漲，是全面性的。不但白米、廁紙、罐頭、食物、日用必需品上漲，其他的物品；也一樣上漲。我們哪裏拿得出這麼多的錢將所有的物品買回來？……再說，這層樓的面積這麼小，即使有錢購買貨物，也沒有空間貯藏。」

「但是，」沙太說，「物價還是要繼續上漲的。現在不買，過幾天，就要付出更高的價錢購買同樣數量的東西。」

「你想買些甚麼？」

「據說漲得最快的，是廁紙。幾個月前賣七毫一卷的，現在要賣一元四了！聽樓下陳太講：過幾日還要漲！」

「重要的必需品很多，樣樣不買，偏要買廁紙，甚麼意思？」

「很簡單：廁紙漲得太快！」沙太說。

「廁紙不是最重要的東西，」沙凡說，「比廁紙更重要的東西多得很。」

「在通貨膨脹的時候，手裏拿著鈔票，非吃虧不可。」沙太說。

「我們不是有錢人，通貨膨脹不膨脹，與我們沒有關係。」

「物價漲成這個樣子，現在不買，過幾天就要付出更多的錢去購買了！」

「生活必需品這麼多，單是買幾卷廁紙回來，有甚麼用？」

「除了廁紙，當然還要買別的東西。」

「你還想買些甚麼？」

「百物騰貴，沒有一樣東西不漲價，我們不是有錢人，為了避免吃虧，凡是日用必需品都要購買。」

「這不是聰明的做法。」沙凡說。

沙太不能說服沙凡，臉上立刻轉換一副表情，三步兩腳走入臥房，拿了手袋，疾步朝外急走。

沙凡問：

「到甚麼地方去？」

沙太不答。

過了二十分鐘左右，沙太回來了。隨同沙太回來的，是樓下士多[15]的夥計。那夥計肩著一隻大紙盒進入大門，不耐煩地問沙太：「放在甚麼地方？」沙太說了一句「等一等」之後，疾步走去沖涼房[16]，察看房內的空間，搖搖頭，自言自語說了一句「放不下」，大踏步走去廚房。廚房裏也堆滿東西，找不出空間來放那隻紙盒。然後走去臥房。臥房裏原已堆著太多的東西，更加無法容納這隻紙盒了。當她回入客廳時，那夥計放開嗓子問：

「放在甚麼地方？」

沙太一時找不到適當的地方放紙盒，見士多夥計露了不耐煩的神情，只好這樣說：

「就放在地上吧！」

夥計將大紙盒放在地板上之後，掉轉身，一邊嘀咕，一邊走出大門。

沙凡開口了：

「甚麼東西？」

「廁紙。」沙太愛理不理答這了麼一句，游目四矚，希望能夠找到一個可以存放紙盒的空間。

「這麼多的廁紙，做甚麼？」沙凡問。

「這種廁紙，不但藥房與士多多數沒有賣了；連超紙市場也缺貨。剛才，我到樓下士多去，士多也只剩一箱了。我要整箱買，士多老闆說甚麼也不肯；後來，加了五塊錢，才整箱賣給我。」

沙凡眉頭一皺，望望那箱廁紙。

「日本人與美國人在搶購廁紙，是事實；但是，香港的廁紙並不缺貨。」沙凡說，「只要你肯稍為留意一下，港九各處的藥房門口都有大批廁紙堆在那裏出售。」

「我已注意到了。」沙太說。

「既已注意到，為甚麼要買一百卷回來？」沙凡問。

「難道你忘記了？」沙太說，「我只習慣用這種牌子的廁紙；別種牌子，我用不慣！」

「話雖如此，也沒有必要買一箱回來？」

「這種廁紙，本來只賣七毫一卷；現在已漲到一元四，恰好一倍。現在不買，過幾天一定會漲得更高！」

「但是，」沙凡說，「買一百卷，未免太多！」

「你嫌多；我卻嫌少，」沙太說，「廁紙是不能省的。現在多買一些，將來價格上漲，就不會吃虧了。老實說，剛才我走去士多時，原想買五箱的，士多只剩一箱，只好買一箱。」

「買五箱？」沙凡說，「我們這層樓宇，小得像豆腐乾，哪裏有地方放五箱廁紙？」

「物價漲得這麼高，最好的保值方法，就是將鈔票變成實物。」

15 小型商店、福利社。取英語「Store」的發音。
16 浴室。

「這層樓的面積實在太小，別說五箱廁紙，就是這一箱，也沒有地方可以放。」

沙太決定將那箱廁紙放在沙發旁邊。

沙凡反對：「將廁紙放在客廳裏，太不像樣子！廁紙應該放在沖涼房裏。如果沖涼房放不下，就該放在臥房裏。」

沙太說：「放在沙發旁邊，可以當作茶几用。」

沙凡彷彿被人刺了一針似的叫了起來：「將一箱廁紙當作茶几？這……」

沙太裝作沒有聽到他的話語，三步兩步走入臥房，拿了塊汕頭抽紗檯布出來，鋪在廁紙箱上面；然後放一隻插著桃花的花瓶。

「這樣，不是很好看了！」她說。

沙凡還是不接受這種安排，搖搖頭：「一百卷廁紙能夠省多少錢？再說，這種牌子的廁紙，由七毫漲到一元四，漲幅很大，短期內不會再漲。」

「不會再漲？」沙太說，「現在，連臭豆腐與烘蕃薯都漲價了，還有甚麼東西不漲？」

物價高漲，使沙太將搶購日用品視作「當務之急」，不但逼沙凡拿錢出來；還走去娘家拿錢。起初，只是買些廁紙、衛生巾、洗衣粉、牙膏肥皂之類的東西，情形還不嚴重；後來，連白米、火水、罐頭食物、布匹、皮鞋之類的東西也買了回來，情形就嚴重了。

因搶購貨物而形成的問題，有二：（一）他們負債了；（二）他們住的那層樓，面積太小，「搶購」之前，已不夠用；搶購之後，到處堆著洗衣粉、白米、火水……連走路也感到困難。

縱然如此，沙太還是每天走去超級市場搶購罐頭食品。

她的理論根據是：副食品的價格已普遍提高；而且仍在不斷提高中，囤積罐頭食品，是對付副食品上漲最有效的辦法。

問題是：罐頭食品的體積並不小，大量囤積，需要較大的空間。這層樓宇的面積不大，容納不下太多的罐頭。

沙太認定自己的做法是對的，繼續購買罐頭食品，罐頭食品越積越多，使沙凡不能不提坑議：

「買這麼多的罐頭食品回來，做甚麼？」

「現在不買，將來一定要付出更多的錢！」

「但是，我們這層樓的面積小得像豆腐乾，哪裏容納得下這麼多的罐頭？」

沙太不理會丈夫的「抗議」，走到樓下的木器店去，向木器店詢問搭牆架的價錢。

她決定在臥房與冷巷[17]的牆上搭一些木架，以便存放罐頭食品與別的貨物。

沙凡知道這件事的時候，木匠已走來量牆了。

「做甚麼？」沙凡問。

17 此處指室內連接各房間的走廊。

「搭木架。」沙太答。

雖然沙凡不贊成搶購日用必需品；沙太還是依照「預定計劃」行事。

當木匠在釘「牆架」時，她繼續不斷地搶購貨物。由於牆架一時還不能搭好，那些從外邊買回來的東西，暫時只好放在客廳裏。

沙凡對此大為不滿。

「這是暫時的，」沙太說，「等牆架釘好後，這些東西就可以放在牆架上了。」

沙凡又嘆了一口氣。

沙太走去催促木匠加緊工作。木匠說：「明天就可以全部釘好。」

第二天下午，牆架果然釘好了。沙太頓時忙碌起來，一方面走去超級市場搶購貨物；一方面將買來的貨物放在架子上。

木架釘在冷巷的牆上，除了占去一些空間外，還沒有甚麼不好。但是，牆架釘在臥房裏，架上放滿了日用必需品與罐頭食品，看起來，像極了士多。

這天晚上，上床後，沙凡睜大眼睛怔怔地對牆架凝視了好大一陣子，驀地粗聲粗氣說了這麼一句：

「太不像話！」

「物價一直在上漲；而且有漲無跌！」沙太說，「現在不搶購，將來的日子必定更加難過！」

「搶購！搶購！搶些廁紙、罐頭回來，能夠節省多少？」沙凡嚷，「現在，黃金漲成這個樣子，你為甚麼不去搶購黃金！老實說，搶購黃金比搶購廁紙有意思得多！」

沙太再也不能保持應有的冷靜了，嗤鼻哼了一聲後，施個鯉魚打挺之勢，跳起，下床，怒氣沖沖地將手朝沙凡面前一攤，厲聲嚷：

「拿來！」

沙凡板著面孔，默然不語。

沙太氣得臉色鐵青，說話時，語調發抖：

「你以為我不知道黃金漲得厲害？你以為我不想搶購黃金？……」

沙凡不能不截住她的話題了：

「不要這樣大聲講話，好不好？你這樣大聲講話，一定會將兩個孩子吵醒的。」

沙太大聲嚷：「這搶購黃金的事，是你自己提的！認為我的能力只能搶購廁紙與罐頭食品！你既然要我去搶購黃金，對我來說，倒是一件求之不得的事！拿錢來吧！」

沙凡皺緊眉頭，說：「你瞧！天氣這樣冷，身上穿著單薄的睡衣，再不上床，一定會著冷。」

沙太固執地站在那裏，不肯上床。

17

每天打開報紙，必會見到兩種「例行新聞」：（一）某種物價自某一日起開始調整；（二）搶劫案。

物價上漲，已變成浪潮，在怒海中捲來捲去。

小市民的日子越來越難過。

小市民好像坐在小船上，在驚浪駭濤的怒海中掙扎，稍不留神，小船就會傾覆。

生活的擔子如此重，治安卻一天壞似一天。當局雖然發動過撲滅罪行運動；可是，犯罪行為不但不減，反而增加。

銀行被劫。工廠被劫。酒樓被劫。金鋪被劫。士多被劫。餐室被劫。醫務所被劫。電影院被劫。珠寶店被劫。寫字樓被劫。……

有人在公廁遇劫。有人在樓梯上遇劫。有人在鬧市遇劫。有人在姻緣道遇劫。有人在晨運時被劫。……

石油宣布加價。
公用事業分別宣布加價。
黃金的價格，猶如火箭般上升。
米價一漲再漲。
影響所及，百物隨之加價。有錢人，處在這種情況中，還有辦法應付；一般薪水階級就痛苦了。
生活的擔子，越來越重。

18

沙太洗好碗碟，走去收拾房間。與平時的情形一樣，總是先到沙勇房內去收拾。沙勇那個房間的面積很小，六乘七，放一張單人床與一隻小書架，就沒有甚麼空間可以放別的東西了。

沙太為沙勇整理書桌的書籍時，一本教科書裏掉出一張照片。沙太只當是沙勇崇拜的女明星照片；定睛一瞧，情緒頓時緊張起來。那是一張淫穢的春宮，照片上的一對男女在做著猥褻的動作。

對於沙太，這是一項難於接受的事實；她的兒子竟會在教科書中夾一張春宮！拿著照片的手，抖得像勁風中的樹枝。她必須將這件事情告訴沙凡。但是，走到房門口，不能沒有躊躇。

這不是一件簡單的事情。她必須考慮到事情的複雜性。她必須考慮到沙凡對此事的反應以及事情可能產生的後果。對於沙凡的脾性，沒有一個人比她更清楚。她知道：如果她將這件事情告訴沙凡的話，沙凡一定會大發脾氣的。盛怒中的沙凡一定會嚴厲責備沙勇的。這種責備，可能會使沙勇在肉體上受到痛苦。

想到這一層，她不能不採取比較審慎的態度。

在決定將這個「發現」告訴沙凡之前，她必須仔細想一想。

掉轉身，走去書桌邊，將這張春宮依舊夾在那本教科書裏。

繼續為沙勇整理書架。

好奇心使她將書桌上的幾本教科書逐本翻閱。

事實證明她的猜想沒有錯。在一本厚厚的物理教科書裏，又夾著兩張春宮。

沙太氣得渾身發抖。將兩張照片夾入物理書裏後，一屁股坐在椅子上，目無所視地望著前邊，不知道應該做些甚麼才對。

她應該將這個「發現」告訴沙凡的；但是，她沒有勇氣這樣做。

●

過幾天，一件意想不到的事情發生了。

那是星期六的下午，沙凡毋須返工；亞勇與亞娟毋須返學。亞娟在客廳幫助母親結絨線衫；沙凡在閱讀日報，亞勇忽然從房內走出，身上一絲不掛！

亞勇赤裸著身子，無緣無故在客廳裏兜了一圈。

沙太與沙娟大吃一驚。

沙凡見此情形不由勃然大怒，霍的站起，三步兩腳走去責問亞勇：

「你這是甚麼意思？」

亞勇彷彿聾了似的，完全不理父親的責問，一屁股坐在沙發上。

亞娟是少女，見哥哥赤條條的坐在那裏，嚇得像一隻受驚的兔子，一邊雙手掩住眼睛，一邊疾步走入自己臥房。

沙凡怒不可遏，走到亞勇面前，用裂帛似的聲音問：

「為甚麼脫光衣服坐在這裏？」

「為甚麼一定要穿衣服？」亞勇倔強地問。

站在一旁的沙太不能不開口了：

「亞勇，你怎麼啦？」

「現在，全世界到處有人赤裸著身子在外邊奔跑；我只是在家裏坐坐，有甚麼不對？」亞勇說。

沙太正要責備他時，卻被沙凡搶先開口了：

「有膽，走到外邊去現世；別在家裏做這種不要臉的事！」

亞勇涎著臉，油腔滑調：「我會的！我會的！當我高興的時候，我會走到外邊去裸跑的！」

沙太聽了這話，心裏說不出多麼的難過，三步兩腳走入亞勇房內，將他的內衣內褲與睡衣捧出，擲在他身上。
「快穿衣服！」
亞勇扁扁嘴，不接受母親的命令。
沙凡更加生氣，咆哮如雷：
「穿上！」亞勇不穿。
沙凡說：「再不穿衣服，你就給我滾！」
說著，用力捉住亞勇的手臂，要拉他出去。
沙太見此情形，唯恐事情鬧僵，連忙用身子夾在中間，免得沙凡將亞勇拉出大門。
她對亞勇說：「快穿上衣服！」
亞勇不穿。
沙凡見到赤裸的亞勇，心裏說不出多麼的不舒服，咬咬牙，用力要將亞勇拉出大門。沙太更加焦急，厲聲對亞勇咆哮：
「穿上衣服！」
在這種情形下，如果亞勇不穿上衣服的話，沙凡的怒氣是無法平息的。
亞勇很固執，認定自己的做法是一種「時髦的行為」，不肯穿衣服。
沙凡更加惱怒，用力扯拉。亞勇年紀輕，氣力並不輸於沙凡。沙凡雖然費了那麼大的勁，也無法將他拉出大門。不過，父子倆的糾纏引起了沙太的擔憂。為了平息沙凡的怒氣，沙太只好替兒子穿衣服了。

亞勇也斜著眼珠子對父親瞅了一下，扁扁嘴，大踏步朝自己臥房走去。

沙太跟在他背後。

沙太知道：如果她不設法說服亞勇的話，問題還是存在的。不徹底消除蟠結在亞勇腦子裏的歪念，他們父子倆的衝突也無法消除。因此，進入亞勇的臥房後，掩上房門，沙太走到板著面孔的亞勇面前，柔聲細氣對他說：

「這是不對的。」

「甚麼事情不對？」亞勇負氣說。

「將衣服脫光了在別人面前走來走去。」

「這有甚麼不對？」亞勇說，「現在，全世界都有人脫光衣服在街頭奔跑，有甚麼不對？」

「亞勇，別地方的事情，我不明白；但在香港，在大庭廣眾之間赤裸身子是有罪的！」

「有罪？」

「當然有罪。」

「要是有罪的話，前幾天，天星碼頭有人脫光衣服奔跑，早該被警察抓去了！」

「如果那人的行動遲緩些，他一定會被警察抓去的。」

「我不相信！」

「亞勇，這是法例，不由你不信。」

「甚麼法例？」

「在香港，在大庭廣眾之間暴露下體是觸犯法例的。」

「我沒有走到外邊去！」

「你要是赤裸身子走到外邊去的話，一定會遭警察逮捕！」

「這幾天，報上幾乎每天都有關於裸跑的新聞刊出，卻從未聽說有人因裸跑而被捕的。」

「總之，赤裸著身子在外邊行走，是一種違法的行為！」

亞勇扁扁嘴，哼了一聲，顯然不接受母親的說法。對於他，裸跑與留長髮一樣，是一種風氣；一種時髦的行為。

19

不安定。整個社會在動盪中。石油已解禁。股市仍在下跌。專家們說：石油雖解禁，世界性的經濟危機依舊存在。

金價瘋狂上升。三月二十日上午，金價高達二〇八〇元。這一天的日報上有一則新聞，說是黃金官價可能調整為每盎司一百七十五美元。

人們對紙幣失去信心。

「紙黃金」的計劃似乎行不通。

通貨繼續膨脹。物價繼續上升。生活的擔子越來越重。為了保值，只好將紙幣換取黃金。

金價瘋狂上漲。

米價可能也要暴漲了。——這是報紙刊出的消息。

報紙上，有太多的社會新聞。社會新聞多，顯示這個社會缺乏應有的安定。

從新加坡走來度假的人，居然也被綁架了。「香港的治安太壞！」度假的人說。

治安太壞，是鐵一般的事實。香港，過去被人稱作「東方之珠」。現在，全世界的人都知道：這是一座到處發生搶劫的城市。

一家女子美容院，忽然闖進七八名阿飛，用西瓜刀威脅五個女顧客，掠走五千多元首飾與現款。

百萬元糧車大劫案終告破獲。

打劫渣打銀行一疑犯在拘留所以木棍擊傷另一個囚犯。

兩少年毆打學童。

中年婦人在電梯中遇劫。

這是三月二十三日報紙上刊出的消息。三月二十三日是星期六。快活谷有賽馬。花墟有甲級足球聯賽。澳門有賽狗。電影院放映《吸血殭屍毒魔王》。電影院放映《鹹濕天方夜譚》。世界奇技大觀。無上裝巴黎歌舞團。

物價瘋狂上漲。

香菸漲價了。電油漲價了。洋酒加價了。的士漲價了。煤氣調整價格。電費調整價格。食米漲價了。麵包漲價了。

整個社會的基礎在動搖。下注四重彩的人在馬會前邊還排隊。

股市連跌五個交易天。指數再一次創出低紀錄。經紀行一家繼一家宣布「暫停營業」。銀行跌兩毫。和記破五字關，怡和跌幅超過百分之二。會德豐跌破四元！

有人走去看無上裝歌舞表演[18]。

期貨買賣的客戶紛紛走去警方投訴。

香港是冒險家的樂園。

地產基金的花樣，刮走了一批現金。銀會的倒閉使許多小市民在經濟上遭受損失。購買外國債券的人，連血本也不見了。

騙術很多。

受了騙的人居然還有心情走進電影院去看《古今愛欲奇觀》。

生活的擔子，越來越重。

金價瘋狂上漲。

小巴濫收車費。

醫務所的診費也增加了。

薪水階級叫苦連天。

這是星期六。快活谷擠滿賭馬的人。交通阻塞了。馬迷們將僥倖之心寄在馬匹上，企圖藉此抵禦加價的浪潮了。

加價的浪潮澎湃不已。

天氣乾燥，火警的危險較平時多五倍。

石油加價。戈蘭高地第十一天炮戰。世界經濟的危機一時還無法解除。生活是困苦的。XX大廈免首期，月供數百元，立即入伙。酒樓特備乳豬鮑翅席，每席五百餘元。

大減價。

物價瘋狂上漲的時候，居然有些店鋪在舉行大減價。到外地去觀光的人，比任何時期為多。日本觀雪賞櫻特價遊。菲島碧瑤百勝灘聯遊團。泰馬星十天豪華團。台灣環島遊行十二天。西貢曼谷四天，一千四百元。

領有政府牌照的聯誼會備有各國佳麗侍酒伴舞。

20

因為要大掃除，沙凡必須清理一下舊物了。清理舊物時，發現不少文件已失去繼續保存的價值。在這些不值得保存的文件中，兩份使沙凡有了無限的感慨。

第一份是：認購股票的申請書。

這份申請書上所有的空白都已填妥；而且附有一張支票。除此之外，還有一張列有「申請認購被退」理由的信件。在這封信中，列有十六種理由，諸如「信內未附支票」、「支票沒有簽名」、「申請書填寫不全」、「申請書已逾期」、「抽籤不中」之類。沙凡的認購申請書被退回，是因為「抽籤不中」。

一年多以前，股市出現前所未有的蓬勃景象。每逢新股上市，人們就會像潮水般走去銀行索取申請書；填妥後，連同支票，又會像潮水般走去銀行投遞。

那時候，只要能夠申請到任何一隻新股的股票，立刻可以賺到數以倍計的利潤。

正因為這樣，每逢新股上市，只要手頭有些錢的人，誰也不肯錯失賺容易錢的機會。

沙凡記得清清楚楚：一年多以前，有一隻華資地產股上市，立刻掀起認購潮。太多的投資者走去滙豐銀行投遞申請書，人龍從銀行排到外邊，一路排到雪廠街。銀行裏邊，則出現了出乎想像的混亂。投遞申請書的人實在太多，連樓梯也擠滿了人。有些女人因皮鞋被踩掉而大聲呼叫；有些健康情況較差的竟因過分的擁擠而暈倒。……

當時，人們就是這樣瘋狂地申請認購股票。

那種情形，沙凡曾親自經歷過，雖然隔了一年多，仍能記得清清楚楚。

現在，回想當時的情景，沙凡不自覺地露了苦笑。恆生指數從千七點跌到千五點，大家都說：「股價低到不可再低，想賺容易錢，就該在這個時候入貨。」

恆生指數由千五點跌到千二點，大家都說：「股價低到不可再低，想賺容易錢，就該在這個時候入貨。」

恆生指數由千二點跌到千點，大家都說：「股價低到不可再低，想賺容易錢，就該在這個時候入貨。」

恆生指數由千點跌到八百點，大家都說：「股價低到不可再低，想賺容易錢，就該在這個時候入貨。」

恆生指數由八百跌到六百點，大家都說：「股價低到不可再低，想賺容易錢，就該在這個時候入貨。」

恆生指數由六百跌到五百點，大家都說：「股價低到不可再低，想賺容易錢，就該在這個時候入貨。」

恆生指數由五百點跌到四百點，大家都說：「股價已見底，在這個時候入貨，必可賺大錢！」

但是，恆生指數終於跌破四百點了；而且仍在繼續下跌。

在這種情況中，除非手中沒有股票；否則，多多少少會在經濟上受到一些損失。

許多股票經紀行申請暫停營業！

許多小魚被大魚吃掉了！

股市仍會下跌，因為還有相當數目的小魚未被吃掉！

所有的小魚被吃掉的時候，就是股市認真回揚的的時候。

那時候，另一批小魚又會在大魚嘴前游來游去，而不知自身處境的危險。……

想到這些，沙凡深深嘆口氣。

他不是一個有錢人，雖然也曾買過股票，吃的虧終究不大。不過，在過去一年多的時間中，指數曾經兜了一個大圈，由四百多點開始，一路冒升到一千七百多點；然後又從一千七百多點滑落，一路跌到三百多點。……這一次的經歷，對香港人來說，等於做了一場噩夢。

現在，在清理舊物時，見到那份被退回的認購股票申請書，前事舊影，頓時兜上心頭，不能沒有感慨。

另一份引起痛苦回憶的文件是：清盤人召開銀會債權人會議的通知書。

沙凡記得清楚：那是一九七二年十月的一個下午，許多銀會的債權人齊集在大會堂九樓的北演講室，個個懷著焦急的心情，希望這一次的會議能夠產生一個追討會銀的辦法。

會議結束，每一個人的心境都很沉重。

這些都是小市民，將歷年的積蓄作為會銀繳給銀會，希望藉此保值，想不到竟會發生這樣的事情。

沙凡也曾參加過銀會，受到的損失雖不大，看到這份通知書，回想當時的情景，不能不感嘆。

21

有一天，沙凡回到家裏，不見亞勇，走去廚房問正在炒菜的妻子：

「亞勇還沒有回來？」

「回來過，又出街了。」沙太答。

「外邊正在落雨。」

「我叫他不要出街，他不肯。」

「他有甚麼事情趕著要做。」

「到武館去。」

「甚麼？」沙凡皺緊眉頭問，「到甚麼地方去？」

「武館。」

「甚麼武館？」

「我也不清楚。」

「他到武館去做甚麼？」

「練武。」

沙凡聽了這話，眉頭皺得更緊，眼珠子骨溜溜的一轉，說：

「他從來沒有對我表示過這種意圖。」

「這是打鬥片的影響，」沙太說，「亞勇一向是個打鬥片迷。過去，李小龍主演的片子，他至少看三遍。」

沙凡嘆口氣，說：「他的功課這麼多，不在家裏溫習功課，卻走去武館練武，是不對的。」

「等他回來後，你跟他講。」沙太說。

沙凡走去沖涼了。沖過涼，吃飯。沙勇仍在武館練武，晚飯也不回來吃。

吃過晚飯，看電視。剛扭開電視機，有一家電視台播映新聞，先映國際新聞；後映本港新聞。有一則本港新聞是報導一宗劫案的，劫案的疑匪有三個，被警方逮捕後於該日上午提堂[19]。螢光幕映出疑匪提堂時的情景。當時，有幾個攝影記者在獵取疑匪的鏡頭，觸怒了三個戴著手銬的疑匪，其中之一居然擺出李三腳式的姿態。

見到這一幕，沙凡嘆口氣，說：「現在，香港治安壞成這個樣子，青年犯罪數字增加，與打

19 法院開庭審理時，當事人出庭聆訊。

鬥片有關，是一項無可爭辯的事實。」

「青年犯罪數字增加與打鬥片有關？」沙太問。

「打鬥片實在太多！」沙凡說，「這種打鬥片的製作人，為了爭取較高的票房紀錄，利用攝影技術去塑造一些不真實的英雄人物。」

頓了頓，繼續說下去：

「年輕人看了太多的打鬥片，將那些銀幕上的英雄當作神來崇拜，迷信這種英雄在銀幕上的拳腳，接受了壞電影的教育，以為拳頭不但可以解決所有的問題；而且可以使他們獲得希望得到的一切。」

沙太說：「依我看來，青年犯罪數字增加，有許多因素。」

「不錯，因素相當多；不過，主要的因素卻是受了打鬥電影的壞影響。年輕人意志薄弱，容易受感染，多看打鬥電影，將銀幕上的假動作與現實生活揉合在一起，產生了不正確的觀念。這種不正確的觀念在他們的腦子裏生了根，就會引導他們錯誤地做出犯罪的行為。」

「打鬥電影實在太多！」

「有些打鬥電影不但毫無藝術性，而且連一個完整的故事也沒有，只是從頭打到底，一樣可以賣一百萬！」

「現在，聽說打鬥電影已不賣座了。」沙太說。

「打鬥電影的產量雖已減少，但是，它的壞影響還是存在的。治安這樣壞，搶劫事件這樣多，說與打鬥電影全無關連，是誰也不會相信的。」沙凡說。

「打鬥電影使年輕人對拳頭的力量產生不正確的觀念，確是事實，」沙太說，「前些日子，香港有幾個拳師迷信自己的拳術，走去泰國比賽，被人家打得落花流水，就是一個顯明的例子。」

「總之，打鬥電影是有百害而無一利的。」

沙太嘆了一口氣，不再說甚麼。

這時候，電視新聞已播完，螢光幕隨之播映國語長片——一部以民初為背景的打鬥片。

沙凡站起，悻悻然走去將電視機扭熄。

「怎麼啦？」沙太問。

「又是打鬥片，有甚麼好看？」沙凡說。

「但是，」沙太說，「不看打鬥片，還有別的節目可以看。」

「我心煩。」

「你不要看電視，亞娟要看。」沙太說。

沙娟站起身，一邊朝臥房走去，一邊說：

「我也不看了。」

沙凡點上一支菸，坐下，翻閱晚報，卻不知道報紙上有甚麼新聞。

22

沙凡有一個同事，姓賀，上海人。那天中午，沙凡和老賀在一家酒樓飲茶時，話題從香港賽馬的場外投注談到澳門的賽狗。然後，話題由賽狗轉到回力球。

「澳門的回力球，將於六月一日開幕。」沙凡說。

「這玩意兒，在港澳算是新鮮的；但在二十多年前的天津與上海，這種賭博方式早已非常普遍。那時候，天津、上海與馬尼拉三地的回力球員是經常走馬換將的。有些名將的球藝精湛到了極點，像沙薩門地、阿拉那、安杜利，後蘭多、安力凱，真是神乎其技，令人嘆為觀止。」老賀說。

「你在上海時，常賭回力球嗎？」沙凡問。

老賀笑了：「說起來，我還是一個回力球迷。那時候，我在大學讀書，白天在課室裏研究回力球經；晚上就走去法租界的亞爾培路賭回力球。

「贏過大錢沒有？」沙凡問。

「大錢是贏過的；不過，平均起來，每個月總要送幾百塊錢。」

「那時候，你還在讀書，哪裏有那麼多的錢送給回力球場？」

「向母親拿的，」老賀說，「我是獨生子，每一次向母親拿錢，只要說得出理由，總不會不給我。」

「這樣說來，你在大學讀書的那幾年，在回力球場送掉不少錢？」

老賀點點頭：「在上海，回力球場的英文名字叫做 HAIALAI。那些喜歡賭回力球的人，因為輸了錢，就用滬語將它譯作『害阿拉』！」

「這名字譯得很妙！」沙凡說。

「單憑這一點，就可以知道回力球是怎麼一回事了。」

「其實，任何賭博都是一樣的，」沙凡說，「賭馬、賭狗、賭回力球都是一樣的。」

「澳門的回力球場開幕後，對香港一定會產生相當大的影響。」

「這是必然的，」沙凡說，「自從澳門逸園開幕後，香港社會就掀起了賭狗的風氣。這種風氣直到現在還沒有衰落。回力球場開幕後，產生的影響決不會比賭狗更小。」

老賀說：「回力球是一種運動——被人視作世界上最快的運動。」

「在過去的上海，回力球很受賭徒歡迎？」

「在過去的上海，回力球場與跑狗場都位於法租界，而且都在亞爾培路上，距離不遠。兩種賭博的賽程，為了方便賭客，是經過一番安排的。以星期日為例：回力球場每逢星期日就會編出日場與夜場兩場賽程。日場由兩點開始，賽到五點多結束。夜場則由晚上八點開始，賽到深夜結束。這種編排，使逸園的跑狗必須由下午五點開始，一直賽到深夜。這樣一來，凡是喜歡賭回力球與賭狗的人，在賭完回力球之後，可以走去逸園賭狗；到了晚上，又可以從狗場走回回力球場去賭。」

「這種賭法，從下午兩點一直賭到深夜，未免太辛苦。」

「當時，許多賭徒都是這樣賭的。」老賀說。

「將星期日的回力球賽與狗賽放在一起，賽程太密。」

「喜歡賭錢的人，只有這樣才能賭得過癮！」老賀說。

「在過去的上海，回力球場是不是每晚都舉行比賽？」

「每晚有兩場，上場由乙組球員比賽；下場由甲組球員比賽。」

「球員也分組？」

「球員是這樣分的：職業球員與業餘球員。業餘球員有華籍的，偶而會在星期日出賽，不受薪。職業球員都是西班牙人，係球場從西班牙聘請來的，全部受薪。職業球員的球技有好有壞，球場當局為了表示公平競賽起見，將所有的球員分成甲乙兩組，甲組球員，除非在特殊的場合，極少與乙組球員比賽。不過，乙組球員因球技進步而升上甲組，也有好幾個。」

「回力球賽是否公平？」沙凡問。

「這就很難講了，」老賀就，「俗語說得好：十賭九弊。大凡賭博，無論採取甚麼方式，都有弊病。回力球在上海變成一種普遍賭博方式時，就有一種傳說：回力球賽賽出的號碼，都是賽前決定的。」

「賽前決定？」

「這只是當時流傳在賭客中的一種說法，許多人都相信這種說法是對的，大多數賭回力球的人都在下注前捉摸編號碼者的心理。他們相信：每一場比賽的結果都由那個編號碼的人編好。不過有時候，既經安排好的結果，也會根據當時的情況而改變。」

「既然這樣，何必將回力球當作一種賭博方式？」沙凡問，「回力球原是一種運動？」

「由於回力球是所有運動中最快速的一種，作為賭博的方式，極富刺激性。人們喜歡賭博，想贏錢固然是一個主要的動機；另一方面卻是想在賭博中尋找刺激。賭回力球比賭骰寶、二十一點、甚至跑馬、跑狗都刺激。所以，許多喜歡刺激的賭徒，都會變成回力球迷。」

「依你看來，澳門回力球場開幕後，會不會受到歡迎？」

「很難講，」老賀說，「澳門與上海不同。上海是一個大城市，人口稠密，回力球場即使每晚都有比賽，每晚總會有那麼多的人走去下注。澳門則不同，當地居民不多，回力球場想成為一種普遍的賭博方式，還需要港客的支持。住在香港的人，要每晚走去澳門賭回力球，太辛苦。」

「聽說，澳門回力球場開幕後，每星期比賽三晚。」沙凡說。

「事情好像還沒有決定；不過，回力球是一種運動，不賭錢的人走去回力球場欣賞球員們的球藝與走去足球場欣賞足球，並無分別。」

「足球比賽的結果是未經安排的。」

「回力球賽的結果也未必經過安排，只是上海當年的回力球迷多數相信比賽的結果是事先安排好的。」

「依你看來，澳門的回力球場開幕後，對香港社會的影響大不大？」沙凡問。

「大概與賽狗差不多。」老賀說。

「賽狗在香港有外圍賭檔。」

「將來，回力球賽在香港大概也會有外圍賭檔。」

「作為一種賭博方式，」沙凡說，「回力球與賽狗有著顯著的不同。」

老賀點點頭，同意這種看法：

「其實，賽馬、賽狗與回力球在本質上都是不同的。賽馬是一種由騎師騎著馬匹競賽的賭博方式；賽狗是一種由狗隻作競賽而無騎師騎在背上的賭博方式。回力球則是一種由回力球員作競賽的賭博方式。換句話說：這三種賭博方式，本質上有相當大的差別。」

「聽說回力球場的設備相當好，賭回力球時可以坐在皮椅上欣賞球員們的球技？」沙凡問。

「澳門的回力球場，還沒有參觀過；不過，上海回力球場的設備相當不錯，有酒吧、有餐廳、有代客下注與領取彩金的服務員、有冷氣，而且在觀看球賽進行時有舒適的皮椅坐。」

「如果是這樣的話，賭回力球不是比賭狗賭馬舒適得多？」

「澳門的回力球場，我還沒有參觀過。拿三十多年前的上海回力球場與今天香港的馬場來比，賭回力球；顯然舒適得多。不過，賽馬與回力球是不同的。賽馬在戶外舉行；而回力球則在戶內舉行。既在戶內舉行，設備當然會好些。」

「賭馬，除非在場外投注；否則，相當辛苦。如果賭馬也像賭回力球那樣，有代客下注與領取彩金的服務員的話，馬迷們走入馬場去下注，就不會那樣辛苦了。」

「賭回力球，只要著重這種賭博方式的娛樂性、下輕注，以閒適的心情將它當作一種運動來欣賞，倒也不錯。」

沙凡露了一個笑容，說：

「喜歡賭博的人總不肯著重賭博的娛樂性。」

23

箍頸黨的活動太多，報紙不願再加報導，因為讀者對這種報導已不感興趣。
警方說：本港罪案並不如想像嚴重。
一天之內連續發生三宗兇殺案！
警方說：本港罪案並不如想像嚴重。
警察的佩槍常常被匪徒奪去！
警方說：本港罪案並不如想像嚴重。
五名由八歲至十歲的兒童拿了刀子搶劫另一個兒童的錢財！
警方說：本港罪案並不如想像嚴重。
跑馬場出現計時炸彈！
警方說：本港罪案並不如想像嚴重。
持刀劫匪在行人隧道內搶劫情侶！

警方說：本港罪案並不如想像嚴重。
大丸百貨公司接到打單信！
警方說：本港罪案並不如想像嚴重。
阿飛糾黨搶劫的士司機！
警方說：本港罪案並不如想像嚴重。
女童搭乘電梯，慘遭阿飛姦污。電梯內，還有一名婦人。
警方說：本港罪案並不如想像嚴重。
沙田「飛禍」使少女失去安全感，許多少女曾遭受阿飛的蹂躪。
警方說：本港罪案並不如想像嚴重。
劫匪在公廁洗劫守法居民。
警方說：本港罪案並不如想像嚴重。
解糧車，雖有護衛隊保護，一再被劫。
警方說：本港罪案並不如想像嚴重。
數十名郊遊者，在山中遇劫。
警方說：本港罪案並不如想像嚴重。
銀行迭次被劫。

警方說：本港罪案並不如想像嚴重。

多名匪徒潛入酒樓，捆綁十二名夥計，大事搜掠財物。

警方說：本港罪案並不如想像嚴重。

柴灣一少女遭三名阿飛輪姦。

警方說：本港罪案並不如想像嚴重。

一個中年人前往巴士站搭車，受到持刀匪徒威脅被逼回家簽寫支票。

警方說：本港罪案並不如想像嚴重。

女傭買飯回來，用鑰匙啟開大門，匪徒忽然接踵入屋內，捆綁女傭與老嫗，大肆搜掠。老嫗呼救，慘遭刺斃。

警方說：本港罪案並不如想像嚴重。

警員搶劫市民。

警方說：本港罪案並不如想像嚴重。

一名十三歲少女，受長髮青年持刀威脅，被帶上天台，慘遭蹂躪。

警方說：本港罪案並不如想像嚴重。

一劫匪手持利刀，在電梯內劫掠九名搭客的財物。

警方說：本港罪案並不如想像嚴重。

一對情侶在偏靜地區談情說愛，被數名劫匪拉上汽車，男事主損失財物後，被推出車外，女事主慘遭輪姦。

警方說：本港罪案並不如想像嚴重。

十九歲的按摩女郎，遭強姦後，被人以汽水瓶插入下體。

警方說：本港罪案並不如想像嚴重。

劫匪藉詞租房，進入屋內，以利器威脅事主，大肆搜劫。

警方說：本港罪案並不如想像嚴重。

十七歲阿飛以利刀威脅兩女童走上天台，加以狎侮。

警方說：本港罪案並不如想像嚴重。

半山區富戶迭接勒索電話。

警方說：本港罪案並不如想像嚴重。

從外地來的少女被綁架。

警方說：本港罪案並不如想像嚴重。

24

「一個電影明星自殺了。」

「只要是電影明星，即使尚未走紅，忽然一口氣吞下四瓶安眠藥，也會變成酒後茶餘的談話資料。」

「她是最有前途的新人。」

「因為是新人，雖已進入電影圈工作，卻沒有走紅。現在，她死了，名氣頓時大了起來。電影公司要是在這時候將她參加演出的電影推出，毋需宣傳工作，票房紀錄必定會比預期的數字高。」

「在此之前，大家對這位『最有前途的新人』是不大注意的；現在，她自殺了，大家都很好奇。」

「各報為了滿足一般人的好奇，不但以顯著的地位刊登這一則新聞；而且對事情的經過作了非常詳細的報導。」

「根據報紙的報導：這位只活了十八年的新人突然輕生是有著許多理由的。」

「有的報紙說：她不喜歡影圈。」

「有的報紙說：可畏的人言使她不願繼續活下去。」

「有的報紙說：某種人對她的控制，已構成一種威脅。」

「有的報紙說：她患了一種難治的病症。」

「有的報紙說：她結交損友。」

「有的報紙說：她失掉了一筆數目相當大的錢財。」

「從這些報導來看，死因是相當複雜的。惟其複雜，使許多人益感好奇。」

「許多人都將這件事當作戲劇來欣賞。」

「這是一齣現實生活中的戲。」

「電影明星在現實生活中演的戲往往比在銀幕上的演出更動人。」

「林黛、莫愁、李婷、丁皓、樂蒂、杜娟都是走紅的電影明星，竟一個繼一個自殺了。

「當她們未成名的時候，千方百計要鑽入電影圈。鑽入電影圈之後，千方百計往上爬。爬到頂端時，卻又不願意活下去了。」

「電影圈，難道當真如老牌影星艾霞所說，是黑暗的。」

「一個剛進入電影圈，而且被『視作』最有前途的新人，為甚麼忽然自殺？」

「這裏邊一定有理由。」
「沒有人能夠指出真正的死因，因此引起了許多猜測。」
「在現實生活中，新的戲劇不斷在上演。除了一個『最有前途的新人』突然輕生外，還有許多好戲。」
「喜歡看武打戲的觀眾，只要打開每天出版的報紙，可以看到開片或搶劫的新聞。」
「在這個社會裏，喜劇終究是不多的。」
「車禍很多。」
「不想死的人，被汽車撞死了。」
「不想活的人，服毒自殺。」
「在這個社會裏，有人因生活困難而結束自己的生命。」
「在這個社會裏，有人因病魔纏身而結束自己的生命。」
「在這個社會裏，有人因會考不及格而結束自己的生命。」
「在這個社會裏，有人因失戀而結束自己的生命。」
「在這個社會裏，有人因神經失去平衡而結束自己的生命。」
「在這個社會裏，有人因與家人吵架而結束自己的生命。」
「在這個社會裏，有人因經商失敗而結束自己的生命。」

「在這個社會裏，有人因受騙而結束自己的生命。」

「在這個社會裏，有人因人言可畏而結束自己的生命。」

「在這個社會裏，常常有人輕生。」

「在這個社會裏，悲劇一直在上演。」

「為甚麼有那麼多的電影明星輕生？許多人都在做『明星夢』，以為做了『明星』之後，就可以獲得夢寐以求的東西。但是，像林黛、樂蒂、丁皓、莫愁、杜娟、李婷這樣的人，在明星夢變成事實之後，既已獲得她們希望獲得的東西，為甚麼不想活下去？」

「一個年僅十八歲的少女，剛踏入電影圈，而且被選為『最有前途的新人』，為甚麼沒有勇氣活下去？」

「為甚麼？」

25

天氣很熱，熱得連氣也透不轉。今年的雨水特別少。「應該落幾場大雨了。」有人說。報紙刊出消息，說是再不落雨，兩個月後可能制水[20]。制水會使全港居民感到不安。大家都希望落幾場大雨。

大雨可以解除水荒。

大雨也會帶來可怕的災禍。旭龢道有一幢大廈是在大雨中被山泥沖坍的。

天氣實在太熱。天文台說是「間中有驟雨」；或者「間中有雷雨」；但是，總不見大雨落下來。人們的心情越來越煩躁。車禍增加。街頭常有吵架事件發生。

報紙刊出新聞：啟德機場有偷竊集團活躍。

「這不是一個簡單的問題，」沙凡對他的朋友老孫說，「單靠警察的力量不能減少搶劫事件。」

沙凡與老孫在一家酒樓飲午茶。

儘管工業不景；儘管股市仍在下跌，飲午茶的人卻很多，酒樓黑壓壓的擠滿食客。

沙凡聽到鄰桌兩個男人在談論美國總統於香港時間上午十點發表的就任演詞。

甲：「有沒有收聽電台的轉播？」

乙：「聽過了。」

甲：「有甚麼感想？」

乙：「沒有甚麼感想？不過，有一點卻使我留下很深刻的印象。」

甲：「哪一點？」

乙：「福特決定追隨尼克遜的外交政策並加以稱讚時，國會的議員們竟報以似雷的掌聲。」

甲：「尼克遜是美國歷史上第一個在任內辭職的總統。」

乙：「在美國歷史上，獲得選民票最多的，也是尼克遜。」

甲：「他是一個好總統嗎？」

乙：「就謀求世界和平與安定局面一事來看，他的努力一定會被記載在歷史上的。」

甲：「現在，福特登台了，對香港的股市會起甚麼作用嗎？」

乙：「從他的演詞中，誰都看得出：福特必將就其能力所及去恢復經濟繁榮的。」

甲：「香港的股市需要注射幾針興奮劑了。」

20 限制供水。

乙：「石油減價、息率降低，必可刺激股市上升。」

甲：「但願如此。」

縱聲大笑。

大家都在希望股市上升。即使手上沒有股票的人，也在希望股市上升。股市上升，證明香港的經濟已好轉。經濟好轉，香港就可以恢復繁榮了。香港原是一個可愛的城市。住在這座大城裏的人，可以享受別處享受不到的東西；但是現在，問題實在太多。

撲滅罪行運動沒有將罪行撲滅；罪行反而增加。

清潔運動推行了這麼久，香港依舊是一隻偌大的垃圾筒。

下午在寫字樓做事時，沙凡接到妻子打來的電話。妻子要他下班後，到銅鑼灣去看電影。

「兩個孩子還沒有放學。」

「等他們放學後，我會帶他們一同去的。我們先去買票；買好票，在電影院門口等你。」

擱斷電話，沙凡繼續工作。

五點下班。

沙凡匆匆趕去搭車。起先，他想搭乘小巴；但是，小巴停在康樂大廈鄰近，需要走一大段路。再說，小巴停在總站，必須載滿乘客才開行，可能會浪費相當多的時間。

想搭乘巴士，但巴士總站位於統一碼頭旁邊，也要走一大段路。何況，這是下班時間，搭巴士的人特別多，要排隊。最穩定當的辦法是：搭乘計程車。

如果是別的時間，在中環搭乘計程車，不會有甚麼困難。但在下班時間，想雇一輛計程車，也不容易。

沒有辦法，只好搭乘電車。

搭乘電車，有兩個好處：（一）毋需排長龍；（二）電車在銅鑼灣的停車站距離電影院最近。

疾步趕去「安樂園」前邊的電車站。抵達車站，恰好有一輛開往銅鑼灣的車駛來。車站上雖有不少乘客，由於車子以銅鑼灣為終點，上車的人不多。沙凡用不到花甚麼氣力就上車。買了車票，還能占得一個座位。他的心情頓時輕鬆起來，因為他作了一個正確的決定。

看看腕錶：五點零五分。

距離開映時間還有二十五分鐘。

電車由「安樂園」那站開到牛奶公司對面那一站，因受紅燈所阻，費了三分鐘左右。

到站，前邊有幾輛電車在上客。

那幾輛電車開動後，沙凡搭乘的那一輛才開到前邊，打開閘門，落客或上客。這樣一來，又浪費了三四分鐘。

然後，猶如蝸牛一般，慢慢朝前「爬」。「爬」到法院旁邊那一站，情形與上一站差不多，必須等前邊的車輛駛離後才可以打開閘門。

沙凡低下頭去看腕錶：五點十三分。

雖然距離開映時間只有十七分鐘；沙凡仍不焦急。他相信在五點半之前必可趕到銅鑼灣。這種信心基於兩個理由：（一）電車過了木球會就可以加快速度；（二）從木球會到銅鑼灣的距離相當短。

但是，他的想法並不對。

當電車駛抵「修頓球場」時，因為前邊的車輛太多，阻延了幾分鐘。

駛抵「英京酒家」前邊時，雖然沒有站，因為交通燈久久不轉綠色，又阻延了幾分鐘。

電車駛抵「鵝頸」，沙凡看看腕錶：五點半。

他知道不能及時趕到電影院了，心中不免有點焦躁。他很後悔，悔不該搭乘電車。但在這種情況下，追悔是一點用處也沒有的。好在從「鵝頸」到電影院，只有一站路程，不會阻延太多的時間。

電車在天橋底駛過，因為前邊車輛太多，又停。

這是港島最著名的「瓶頸地帶」，車輛從四面八方駛到這十字路口，不容易順利通過。沙凡搭乘的那輛電車，經過三次交通燈轉色後才駛過十字路口。

沙凡下車時，五點四十三分。

匆匆穿過馬路，疾步趕到電影院門口。

「怎麼這樣遲才來到？」沙太問。

「別提了！」沙凡說。「買了戲票沒有？」

「戲票已買到；不過——」

「怎麼樣？」

「放映時間已更改：五點半那場改五點二十分開映。」

「這是沒有辦法的事，誰叫你這麼遲才來，」沙太說，「進去吧。」

「現在是五點三刻，戲已映了半個鐘頭！」

「戲已映了半個鐘頭，還有甚麼好看！」沙凡說。

「戲票已經買好，怎能不看？誰叫你這樣遲才來到？」沙太用埋怨的口氣說。

亞勇不耐煩了，粗聲粗氣說：「何必講這麼多的話？快進去吧！」

四人進入電影院。院子黑黝黝的，使他們的眼睛一時無法適應，雖然有帶位員用手電筒照著他們；他們還是踉踉蹌蹌的，好像在森林中摸索。

坐定，將視線落在銀幕上。大家都不知道銀幕上在做些甚麼。

不止一次，亞娟問母親：「不知道這部戲的開頭是怎樣的？」

散場。沙氏一家人擠在人叢中走出戲院。沙凡提議到鄰近一家專售南洋食品的餐廳去進食，沙太不反對。

在前往餐廳的途中，亞勇說：

「我們遲了半個鐘頭才進入戲院，不知道這部戲是怎樣開頭的。」

聽了亞勇的話，沙太忍不住瞟了沙凡一眼，粗聲粗氣說：

「我還是不明白，你——你怎麼會遲到的？你五點下班，怎麼會在五點四十分抵達戲院？從中環到銅鑼灣，路程並不遠，別說搭車，即使步行，也不需要四十分鐘！」

「我不應該搭乘電車的。」

「電車比的士、巴士慢，是事實；但是，從中環到銅鑼灣，需時四十分鐘，令人難以置信。」

「你以為我在撒謊？」

「我沒有這樣講；不過，從中環到銅鑼灣，既使搭乘電車，也不需要四十分鐘。」

「這是下班時間！」沙凡不由自主地提高了嗓子，在惱怒中失去容忍與冷靜。

他們已走到餐廳門前，亞勇首先推門而入，其餘三個則跟在他後邊走了進去。

坐定。

向夥計點了一些沙嗲、貴刁之類的南洋食品，大家默默坐在那裏。

很久、很久，沙凡嘆口氣，說：

「過去，有人認為：電車是落後的交通工具，應該取消，我總是反對的；今天，有過這樣一次經驗後，我也認為這是一個值得考慮的問題。」

話語是對沙太講的，沙太聽了，彷彿啞了似的一言不發。

亞娟問父親：「廢除電車？」

沙凡點點頭：「電車的速度太慢，必須接受時代的淘汰。」

亞娟說：「香港的人口越來越多，交通工具總嫌不夠，怎麼可以廢除電車？」

沙凡扁扁嘴，作了這樣的解釋：

「香港交通問題之所以嚴重，並不是因為交通工具不夠；而是道路太窄太少。在這種情況下，要是沒有電車的話，幾條主要的道路就不至於像目前這樣阻塞了。」

亞娟睜大眼睛，對父親怔怔地投以詢問的凝視。

沙凡望望她，加上這麼幾句解釋：

「第一，電車是有軌道的，必須循著軌道行駛；第二，電車的速度比其他的交通工具慢，很容易在車輛較多的地區形成阻塞的情形。」

亞娟雖然明白了父親的意思，卻不同意他的看法，她說：

「我覺得搭乘電車比別的交通工具舒適，儘管時代進展得很快，電車仍有保留的價值。」

夥計端飯菜來之後，他們一邊進食，一邊仍在談論電車的存廢問題。沙太對電車頗有好感，她說：

「當一個人並不急於趕時間的話，坐在電車的上層，欣賞大街的熱鬧，可以說是一種享受。

所以，我認為電車仍有保留的價值。」

「時代是進步的，」沙凡說，「電車是一種落後的交通工具。香港空間小而人口稠密，為了改善交通的擠塞情況，車子的速率十分重要。……」

「問題就在這裏，」沙太說，「香港是個空間很小的城市，單是提高車子的速率，沒有甚麼用處。速率高的車子無法在市區找到暢通無阻的道路。」

「香港是個人口稠密的城市，不但樓宇需要向高空謀求發展；交通的困難也應該向高空謀求解決的辦法。」

「怎麼樣？」

「前些日子，報紙不是刊出過有關九龍設立架空電車的計劃？」

「是的。」

「依我看來，除了地下鐵路外，架空電車是解決交通擠塞的最有效辦法。架空電車，可以暢通無阻，速度必較其他車輛為高。」

沙太聽了沙凡的話，表情很嚴肅，其實是沒有表情。

26

一場大雨。得雨五吋。

港九各處水浸。低窪地區頓成澤國。

大雨中，港九發生多宗搶劫案。

淡風吹襲商場。

電視台的節目將許多電影觀眾搶走了。電影院常常加價。觀眾們寧願坐在家裏看電視。落雨的日子，觀眾們不願走去電影院。熱浪襲港，觀眾們不願走去電影院。搶劫案太多，觀眾們不願走去電影院。

有些從外地走來香港觀光的遊客，也會被劫匪視作搶劫的對象。

通貨膨脹。物價瘋狂上漲。工商不景。失業人數激增。年輕人抵受不了物質引誘，將搶劫視作一種職業，不走正路。由於治安太壞；由於機票不斷上漲；由於物價太貴；由於通貨膨脹……。遊客越來越少，使香港的「無煙工業」受到難於恢復的創傷。

股市瘋狂下瀉。指數跌破三百點。一家工程公司請求證券交易所將該公司的股票暫停交易。拋售變成浪潮，壓力極大。許多人對股票已失去信心。指數由千七點跌到二百七十多點，使許多人傾家蕩產。但是，石油的價格仍未下降。

燃油漲價，使許多行業的成本增加了。「中巴」即將加價。

加價早已形成浪潮。

政府獎券開彩。頭獎六十七萬元。當中小型樓宇只售兩三萬一層時，六十七萬確是一個具有誘惑力的數目。現在，連中小型樓宇也要售二三十萬了，六十七萬不能算是大數目。

沒有人炒樓花。

樓宇滯銷。

地產建築業陷於低潮。地產公司的股票已跌到新低點。建築業的股票已跌到新低點。股市連跌八個交易天。倫敦的股市在下跌。紐約的股市在下跌。「空倉客」大有斬獲。

銀行加息。

屋宇加租。

百貨公司經常舉行大減價。小市民連吃飯都成問題，哪裏還有能力去購買平價貨？顧客太少。營業數字銳減。百貨公司被逼一減再減。商場不景。

原料漲價。

工資增加。

所有工業產工品因製作成本提高，無法與別區的產品競爭。

工廠倒閉了。

失業的人數增加了。

27

不知道誰講出來的：星期六是總經理的生日。同事們獲悉這件事後，交頭接耳，商量送禮事宜。

沙凡的經濟情況雖不算好，因為同事們多數送厚禮，不敢表現得太寒酸，硬著頭皮，花四百五十元買一隻鱷魚皮銀包送給總經理。沙太知道這件事，責備沙凡浪費金錢。

沙凡嘆口氣。

「人浮於事，許多商業機構受通貨膨脹的威脅，為了節省開支，不是裁員，便是減薪。我們公司的情形，表面上似乎還不錯；實底子，也有問題。現在，總經理做壽，別的同事都送厚禮；我要是送得太薄，將來公司實行裁減時，我就有可能被裁掉。」

沙太搖搖頭：「要是到了實行裁減的時候，我不相信公司當局會因為你送過一隻鱷魚皮銀包而不將你裁掉。」

「你講得一點也不錯，送一隻鱷魚皮銀包固然不會保證我不被裁掉；可是，禮物送得太輕，一定會使總經理留下一個壞印象。」

「送禮是應該的；不過，沒有必要花四百五十元去買一份禮物。事實上，送一張一百元的禮券也不會太難看。」沙太說。

「你知道老葉送甚麼？」沙凡問。

「送甚麼？」

「他送了一隻花瓶給總經理。」

「花瓶？」

「據說是乾隆時代的花瓶。」

「多少錢？」

「這是老葉父親收藏的古玩。」

28

鄰近開了一家超級市場。

沙凡夫婦走去參觀時，發現超級市場的規模相當大，出售的貨品特別多：有種類繁多的罐頭食物；有各色各樣的日用必需品。有玩具；有西餅；有凍肉蔬菜；有書籍；有電器用具。……總之，只要是家庭用品，應有盡有。

「今後，買東西，方便得多了。」沙太說。

「是的，這家超級市場的規模相當大，我們需要的東西，樣樣都有，」沙凡說。「半年前，因為物價上漲，你買了許多罐頭食品回來；現在，看這家超級市場的標價，你不能不承認做了一件愚蠢的事情。」

沙太辨出語中有刺，板起臉孔，不開口。

沙凡驀地伸出手去，放開嗓子說：

「你看！」

「看甚麼？」沙太用平直的語氣問。

「廁紙！」

「廁紙？」沙太覺得沙凡有點大驚小怪，用略帶譴責的口氣問，「廁紙有甚麼好看？」

「這種廁紙，過去賣一元四，現在跌價了，賣一元二毫半。」

沙太審視標價紙，點點頭，用低沉的語調說：

「嗯，這種廁紙確是跌價了。」

「今年年初，香港忽然出現搶購日用必需品的浪潮，你也參加一份，借錢來搶購日用品。當時，你將廁紙整箱買回來。」

「那時候，日本人與美國人都在搶購廁紙。」沙太負氣地說。

「為了囤積廁紙，竟將一大箱廁紙放在沙發旁邊，當作茶几。」

「為了保值，將鈔票變成實物，是明智的做法！」沙太仍在為自己分辯。

「結果怎麼樣？」沙凡用食指點點標價紙，「半年前，這種廁紙賣一元四；現在只賣一元二毫半！」

「現在，那些搶購來的廁紙已用完，何必再提？」沙太有點悻惱不悅。

「既然用完了，何不買一些回去？這裏的價錢比士多便宜。」

「也好，」沙太說，「買十卷吧。」

「這家超級市場的價錢相當公道，想買的東西，還是在這裏買吧。」

從超級市場買回來的廁紙，紙質極好，使沙太獲悉一項可怕的事實：他們在年初搶購回來的廁紙，全是冒牌貨！

起先，沙凡聽了妻子的話，還不大相信；後來，仔細察看紙質，也相信半年前搶購來的廁紙是冒牌貨。

他們上當了。

沙凡產生被人摑了一巴掌的感覺。

「我們太傻了！」沙凡說，「半年前，因為日本美國都出現了搶購廁紙潮，使香港人也起了恐慌。當時，我們習慣用的那種廁紙一下子就被搶光了。有些投機商人看出這是一個好機會，趁別人正在搶購廁紙的時候，製造冒牌貨推入市場，藉此牟利。——事情一定是這樣的。」

「如果事情當真是這樣的話，那些製造冒牌貨的商人豈不是發了一筆大財！」

「這是當然的。」沙凡說，「那時候，由於外國傳來了搶購廁紙的傳說，使香港人也盲目走去超級市場、藥房與士多搶購廁紙了。這樣一來，別說廁紙的存量不多；縱有大量存貨，在你爭我奪的情況下，當然會很快就被搶光的。存貨被搶光了，而搶購潮依舊未熄，那些懂得投機的商人看出這是一個發財的機會，當然會善加利用。」

聽了這一番話，沙太閃閃眼睛，恍然大悟：

「我也上當了！」

「那時候，幾乎所有的香港人都上當了！」

29

廁箱沒有水。將食水傾倒在廁箱裏。

「今年夏季，雨量特別少，水務局曾經說過：不落大雨，今冬可能會制水！在這種情形下，誰也不應該浪費食水！」

沙太聽了沙凡的話，臉上頓時出現否定的表情，聳聳肩：

「有甚麼辦法！天台水箱的水泵壞了！」

「水泵又壞了？」沙凡說，「大廈管理處的職員究竟在做些甚麼？每水月收我們幾十塊錢管理費，水泵壞了，也不叫人來修理！」

「廁箱沒有水，已有三四天，不用食水來沖，不合衛生！」沙太說，「我當然不願意浪費食水；但是，廁箱沒有水，有甚麼辦法？」

沙凡尋思片刻，掉轉身，大踏步朝大門走去。沙太問：

「到甚麼地方去？」

「樓下。」

「做甚麼?」

「不要跟管理員吵架!」

「廁箱三四天沒有水了,總得有個理由。」

「不會。」說著,拉開大門,走去搭乘電梯,落樓。到了樓下,找到管理員粗聲粗氣問:

「廁箱好幾天沒有水了,為甚麼不叫人來修理?」

「大廈的水箱沒有壞。」

「廁箱沒有壞,我們的廁箱怎會沒有水?」沙凡問。

「公務局在修理街喉,使我們這幢大廈的水箱受了影響。」管理員說。

「甚麼影響?」

「天台上的水泵不夠力了。」

「但是,」沙凡說,「天台上的水泵過去曾經壞過好幾次。」

「那是水泵不夠力的關係。」

「水泵不夠力,就該換一個。」

「換一個水泵,需要相當多的錢。」管理員說。

「這幢大廈的住戶每一個月付幾十塊管理費,加在一起,數目也不算少了,換一個新的水泵,不應該是一個問題。」

管理員說：「修理水箱的工友認為那水泵並沒有壞，不必換。」

「但是，」沙凡說，「這樣下去，總不是辦法。現在，大家都用食水沖水廁，這是不對的。」

「等街喉[21]修理好之後，情形就會改善。」

「就我記憶所及，我們這裏的水箱，即使不修街喉，也常出毛病。」

「我們這裏的情形，與別的大廈比起來，應該算是好的。」管理員說，「有些大廈，廁箱裏根本沒有水。」

「沒有水，怎麼辦？」沙凡問。

「用食水沖。」

「這樣，不是要浪費很多食水了？」沙凡問。

「這是沒有辦法的事，」管理員說，「香港的大廈多數這樣。」

「香港與別的城市不同。別的城市，水泵充足，浪費一些食水，還不成問題；但是，香港不同。香港的食水大部靠天上落下來的，不允許我們浪費食水。」

「你講得一點也不錯，香港的食水大部分是從天上落下來的，不能浪費；但是，由於設備欠佳的關係，許多大廈的住客經常用食水沖水廁！」

「這種浪費，簡直是一種罪過！」沙凡說。

「當局對這種情形是不應該漠視的；但是，當局明知許多大廈的住客都在浪費食水，卻不予理會。」

沙凡嘆口氣，說：

「聽說今年冬天可能制水！」

「今夏雨量特別少，除非落幾場大雨；要不然，到了冬天，非制水不可！」

「制水是一樁苦事，」沙凡說，「想起每隔四天放幾小時水的情景，不能不害怕。」

「香港的食水大部分依靠天上掉落來，老天爺不落雨，到了冬天，水務局一定會實施制水。」

「既然這樣，大家就不應該用食水沖廁了！」沙凡說。

「這個問題，只有政府才能解決。政府應該立例規定：每一幢大廈必須有完善的水箱，違例者，重罰。」

「這不是一件複雜的事情，政府為甚麼不做？」沙凡問。

管理員聳聳肩，用嘆息似的語調說了這麼一句：「誰知道。」

沙凡沉默片刻，挪步走去搭乘電梯，上樓。

30

股市終於出現五年來的新低點，人們對股市的信心幾乎完全失去了。一年半之前，當股市瘋狂上升時，大家都將鈔票換了股票；現在，指數跌到二百三十五點，股票在一般人的心目中，即使不是白紙，也只是比白紙稍為好一些。

沙凡不是一個有錢人。大家都在搶購股票時，他也設法買了幾手。股市不斷下跌時，唯恐虧損太大，他將那幾手股票陸續賣出了。這是過去的事。現在，股市出現新低點，使所有持有股票的人都愁眉不展了，他卻沒有受到壓力。

雖然如此，當壞消息接一連二傳來時，他的心也像上了鎖似的。

同事們大部分手裏都有股票。股市跌成這個樣子，每一個人的心境都很沉重，使寫字樓的氣氛頓時緊張起來。

就在這時候，不知道誰帶來一個未經證實的消息，說是一家銀行出現擠兌的現象。

大家聽了，臉上都出現驚詫的神情。尤其是老葉，緊張得連語調也微微有點發抖：

「當真有這樣的事？」

「我也不清楚。」沙凡壓低嗓子說。

「現在，世界性的經濟不景使許多人都很恐慌；萬一銀行發生擠兌的情形，事情必將引起嚴重的後果。」老葉說。

「其實，即使銀行不發生擠兌的情形，人們也相當恐慌了。這些日子，股市跌成這個樣子，人心惶惶，好像誰都失去依憑了。」

「如果銀行當真發生擠兌的話，原已不景的工商業一定會遭遇更大的打擊。」

「問題是：那家銀行究竟有沒有發生擠兌的情形？」沙凡問。

老葉聳聳肩，說：「無風不起浪。」

「也許是謠言。現在，市場充滿謠言。」沙凡說。

老葉站起身，走去問一位姓周的同事：

「聽說有一家銀行發生擠兌？」

「是的。」

「為甚麼？那家銀行怎會發生擠兌的？」

「我也不知道。」老周說。

問不出要領，老葉回座。雖然他們都有工作要做；這件事卻使寫字樓的氣氛緊張起來。大家都在交頭接耳，竊竊私議。到了接近放工的時候，事情還無法證實。

「但是，」沙凡問一位姓鄭的同事，「那家銀行既然沒有發生擠兌的情形，怎會有這樣的謠言？」

老鄭嘆口氣：「這些日子，世界性的經濟衰退使人心一天比一天虛弱。」

「這是實情；香港銀行那麼多，為甚麼單傳那家銀行發生擠兌？」

「有因由的。」

「甚麼因由？」

「前幾天，有一家公司因為在財政上發生問題，發行的股票暫停掛牌。」

「這件事，與那家銀行有甚麼關係？」沙凡問。

「外邊有一種傳說：那家公司曾在那家銀行透支了一筆相當大的數目。」老鄭說。

「就算這樣，那家銀行也不至於有問題。」

「所以，」老鄭說，「那家銀行根本沒有發生擠兌的情形。」

「依我看來，這謠言有極大的可能來自股票市場。」沙凡說。

老鄭笑了：「股市原是謠言的集中營。」

沙凡並不覺得這是一件可笑的事情，他說：「這種謠言會使整個社會的基礎受到損害。」

老鄭聳聳肩。

下班後，沙凡走去康樂大廈旁邊的小巴站搭車。在回家的途中一直想著在寫字樓聽到的謠言。他認為：為了一己的利益而製造足以動搖整個社會基礎的謠言是有罪的。現在，香港的工商業因油價上漲而陷於不景，沒有謠言，尚且困難重重；謠言一多，必會受到難復的損害。

31

「快要過中秋節了，」沙太對沙凡說，「需要用的錢很多。」

沙凡嘆口氣：「今年市面這樣壞，物價又是這樣高，有些不必要的開支，還是省掉吧。」

「省掉？怎樣省法？」沙太問，「送禮、節賞、月餅、屋租、管理費、水電費……哪一樣可以省掉？」

「至少有兩樣東西可以省？」

「哪兩樣東西？」

「節禮和月餅。」

「孩子喜歡吃月餅，」沙太說，「過節的時候，買幾盒給他們吃，也是應該的。再說，月餅並不貴，不吃，也省不下多少錢。」

「能省則省。」

「我們要是不買月餅的話，兩個孩子一定要吵的。」

沙凡不再說甚麼，伸出手去，打開茶几的菸盒，取出一支，點上火。他的心，很亂，不願繼續與妻子談論這個問題。

他的視線落在茶几上的日報上，見到一則新聞的標題：

「全港實施第一級制水。」

看到這標題，彷彿被人刺了一針似的叫起來：

「制水了！」

「這是意料中的事情，何必大驚小怪？」

「有沒有買膠桶[22]？」

「沒有。」

「制水的時候怎麼可以沒有膠桶？」

「現在只實施第一級制水，從上午六時到下午十時都有食水供應，不買膠桶也不成問題。」

「聽說下個月就要實施第二級與第三級制水，到那時，沒有膠桶是不行的。」

「我打算過了節去買膠桶。」

「過了節？」

22 塑膠水桶。

「是的。」

「聽說這幾天膠桶的價格正在上漲。」

「膠桶有公價，節前或節後去購買都是一樣的，不會吃虧。」

沙凡長嘆一聲，「想不到又要制水了！」

「不落大雨，有甚麼辦法？」沙太說。

今年夏天的雨量特別少，沒有打過一場風[23]，即使掛三號風球時[24]，也沒有落過大雨。水塘的存水量越來越少，使水務局不能不實施制水。香港已有七年沒有制水了。在這七年中，剛到香港來定居的人也許不知道制水之苦；老香港想起四日放四小時食水的情景，沒有一個不怕。今年雨量特別少，整個夏季沒有打過一場風。打風會帶來別的災禍，大家只希望「打風不成帶來三日雨」。

就在水務局實施第一級制水的那一天的晚上，天文台懸掛一號風球了。

收聽電台的廣播，沙凡夫婦知道有一個名叫「芸蒂」的風姐結集在香港東南不足四百里之處。

「會不會打風？」沙太問。

「依照目前移動的方向，芸蒂有可能吹來香港。」沙凡說。

「每一次打風，總會帶來一些災禍；但是現在，我倒希望颶風會帶來大量雨水。」

「打風是可怕的。」

「如果大風能夠帶來足以解除水荒的雨量的話，我願意多一次可怕的經驗。」沙太說，「現在，實施第一級制水，供水十六小時，還不至於感到不便；實施第二級與第三級制水時，就苦了！」

「現在，已是陽曆九月尾，打風的可能性已不大。過了九月，天氣乾亢，雨水更少，縱有落雨的時候，也不會有豪雨。」

「如果芸蒂轉向的話，香港就不會獲得預期的雨量。香港在這幾天內不能獲得預期的雨量，今年冬季，水荒一定會轉趨嚴重。那時候，大家又要吃苦了。」

「這是沒有辦法的事。」

「香港人應該節省用水！」

「在這種情況下，要是大家都肯節省用水的話，相信這難關還是可以度過的；反之，要是大家只顧自己的方便，任意浪費食水，不但當局多了一個不易應付的難題；大家也會在嚴厲的制水中受到更大的痛苦。」

「希望芸蒂帶來豪雨！」沙太說。

「最好是打風不成落三日大雨，」沙凡說，「這樣一來，既可避免發生災禍；水塘的存水量

23 打風，颱風。

24 香港天文台發現有熱帶氣旋時，會向市民發出的警告信號。風球由弱到強分為一號、三號、八號、九號、十號。

也會增加。」

沙太望望窗，說了這麼一句：

「今天落過一些雨的。」

「雖然落過一些雨，水塘卻沒有甚麼進益，」沙凡說，「除非落幾場豪雨，否則，水荒不會解除。」

「現在，芸蒂距離本港有多遠？」

「三百九十海里。」

「方向呢？」

「直指香港。」

「這樣說來，落豪雨的可能性很大？」

「只要芸蒂繼續朝香港吹來，就有可能落幾場豪雨。」

談話到此為止。沙凡點上一支菸，將視線落在電視機的螢光幕上。電視台正在播映粵語長片，一部具有神話意味的愛情戲。

第二天早晨，沙凡一起身就扭開收音機，收聽天氣報告，藉此知道颱風「芸蒂」的動向。

沙太從廚房走出，見到沙凡，便問：

「怎麼樣？颱風距離本港有多遠？」

「四百海里。」

「這是怎麼一回事?昨天晚上,天文台報告,說是颶風距離本港三百九十海里;過了一夜,怎會距離本港四百海里的?難道颶風轉了方向?」

「沒有。」

「既然沒有轉變方向,過了一夜之後,應該更加接近才對,怎會比昨晚更遠?」

「天文台說是颶風在距離本港四百海里的地方,幾乎停留不動。」

「停留不動?」

「這是剛才聽到的報告。」

「停留不動等於動向不明。」

「一點也不錯。」

「依照昨晚的途徑,颶風芸蒂很有可能吹來香港?」

「昨晚她是直向香港方向吹過來的。但是現在,連天文台也不知道她是否會吹來香港。」

「這可能是本年最後一個颶風了?」沙太用詢問的語氣說出這句話。

「到了陽曆十月,天氣轉為乾亢,不會像七八月那樣容易打風。即使南中國海有颶風或低氣壓,也多數向西吹去,不會吹襲香港。」

「過去,聽到打風就害怕;尤其是正面吹襲的颶風,雨水會從我們的窗隙中滲透入屋;但是現在，我寧願水浸的。」

「一九六七年，隔四天供水四小時，屋子裏放滿水桶，太不方便。」

「你還記得嗎？有一次，我們以為是供水的日子，扭開水喉，總不見有食水流出，走去與管理員爭吵，才知道記錯了供水的日期；但是，水桶裏的水卻已全部用完。」

「記得，我當然記得。」沙凡說，「那一天，我們不但沒有洗澡；連煮飯的水也沒有。我記得我們是走到外邊去吃飯的。」

「還有一次——」沙太說，「到了供水的日子，扭開水喉，卻不見有水流出。由於供水時間只有四小時，除了貯水外，一家四口必須在這四小時之內沖好涼，水喉沒有水流出，怎能不心焦？於是，走去跟管理員爭吵，才知道天台水箱的馬達壞了。管理員說：早已通知修理工友走來修理，他們不來，有甚麼辦法？……你還記得這件事嗎？」

「記得。」

「想起一九六七年所受的制水之苦，我……我希望颶風芸蒂快些吹來！」沙太說。

聽了這話，沙凡忍不住笑了起來。他說：「颶風要來時，誰也擋不住；颶風吹去別處時，誰也拉不來！」

沙太並不覺得這是一件可笑的事情，臉上的表情依舊很嚴肅。她說：

「這場風要是打不成的話，今冬的日子就難過了！」

•

天氣很熱。大家都希望風姐「芸蒂」會帶來二三十吋雨。第一級制水雖然不至於給香港人增添太多的痛苦；實行第二級與第三級制水時，一定會感到不方便。

不打風，不會有豪雨。沒有豪雨，水荒就不會解除。

大家日盼夜禱，希望「芸蒂」盡快吹來。但是，風姐「芸蒂」轉了向，朝東北偏北吹去，本港天文台卸下一號風球。

風姐不來，使人們的心情越來越煩躁。但是，使香港人心情煩躁的，除了炎熱的天氣，還有其他的因素。第一，油價不減，工商業仍無好轉的現象；第二，節前有許多現實問題必須解決；第三，股市繼續下瀉。

股市一蹶不振，像極了一個患了重病的人。有人說：股市已見「底」；然而事實證明這種看法並不正確。各種股價雖已低到無可再低，卻繼續在下跌。

32

沙凡的老同學譚振亞夫婦從美國來港度假，沙凡夫婦約他們共進晚餐。

在酒樓坐定，點菜。沙太問譚太：

「美國的中菜，水準高不高？」

「紐約與舊金山有幾家中菜館是不錯的；不過，與香港第一流的菜館比起來，仍有一段距離。」

「聽說香港的好廚師都被請到外國去了。」沙太說。

「是的。」譚太說，「不過，這只是一部分，要不然，我就不能在香港吃到上好的中菜了。」

夥計端酒菜來。

當他們進食時，他們的話題轉到尼克遜辭職的事情。

沙凡認為：尼克遜雖然做錯了事情；但在外交上表現的功績是不可抹煞的。他說：

「在調查水門案的時候，他在精神上受的痛苦實在太大；現在，既已辭職，證明他已受到懲罰，應該加以寬恕了。」

譚振亞搖搖頭，不同意沙凡的看法。

「在法律面前，所有的人都是平等的，」他說，「小偷犯了法，要受懲罰；總統犯了法，也要受懲罰。」

譚振亞舉起酒杯，邀沙凡夫婦共飲。乾了一杯後，揮手招來侍者，添酒。譚振亞的酒量很好，喝了酒，談話的興致更高。他說：

「今天下午，我們走去鄰近一家電影院看《日本沉沒》。」

「好不好？」沙凡問。

「特技鏡頭拍得很不錯。海底的景物、東京地震、火山爆發、海嘯、大火等等，拍得都很像樣。拍科學幻想片並不困難；困難的是：拍得像樣。有許多科學幻想片，因為特技鏡頭太壞，毫無真實感。」

再一次，譚振亞舉杯邀沙凡夫婦共飲。話題遂由《日本沉沒》轉到治安上面。

「聽說香港的治安越來越壞了？」譚振亞用詢問的語氣說。

提到治安，沙凡忍不住嘆了一口氣。「很壞，」他無限感慨地說，「壞到極點。」

「我們在美國的時候，常常聽到別人講述香港的治安問題。」

「這一兩年，香港的治安壞到令人難以置信的地步。到處都有被劫殺的危險；搭乘電梯、到公廁去解溲、郊遊、甚至在旺盛的地區行走，都有遇到劫匪的可能。」說到這裏，長嘆一聲，「總之，治安壞到不能再壞，住在這裏的人，既不能安居；也不能樂業。」

「甚麼原因？」譚太問。

「香港的警察力量並不薄弱，」沙凡說。「問題是：犯罪的人實在太多！」

「你的意思是：犯罪的人太多，使警察們無法應付。」

「可能是這樣。」

「警察力量可以加強。」譚振亞說。

「看樣子，警方為了撲滅太多的罪行，正在積極招募與訓練新人。」

「我們在美國時，閱讀香港出版的報紙，知道當局曾經推行過撲滅罪惡的運動。」

「不錯。」沙凡點點頭。

「這個運動有沒有獲得顯著的效果？」譚太問。

沙凡忍不住笑了起來。他說：

「只要你打開報紙查閱港聞版時，你就會知道這個運動是否已獲得顯著的效果。」

譚太點點頭，附和著說：

「今天早晨，我曾經翻閱過一份日報。港聞版的篇幅幾乎有一半是報導犯罪消息的。」

「這種情形，在這一兩年中，一直沒有改變過，不但沒有改變，而且越來越可怕。」沙太說。

「更可怕的事實是：報紙上刊登的消息，都是報了案的；大部分事主受到經濟上的損失後，為了避免麻煩，都不願報警。」沙凡說。

「這樣下去，總不是辦法。」譚振亞說。

「可是，香港的人口不但沒有因為治安太壞而減少；而且增加了。」沙凡說。

「這是甚麼原因？」譚振亞問。

「原因很多，」沙凡說，「主要是：這幾年雖有許多人抨擊香港當局對某些事務處理不當；但是，香港仍有它的可愛之處。」

「幾年前，香港發生暴動時，凡是手上有些錢的人，紛紛移居到別處去了。」譚振亞說。

「這是事實。」沙凡說，「不過，那時候移居外國的人；現在大部分已回香港。」

「不習慣外國的生活方式？」

「這是一個原因。」

「還有別的原因？」譚振亞說。

「認真有錢的人，到了外國，雖然可以做寓公，精神上一定會感到苦悶。那些經濟情況並不太好的人，到了外國，找不到合適的工作，坐吃山空，不能不回香港。」

然後話題轉到水荒上。

「過去的經驗告訴我們：制水將會帶給我們許多不便。」沙太說。

「記得一九六七年時，香港曾經實施過每隔四天放水四小時的制度。」譚振亞說。

「那時候，真是苦不堪言。天氣那麼熱，沖涼、洗衣、煮食樣樣都需要水，單靠那四個鐘頭，即使將有限的空間都放水桶，也不夠用，」沙太說。

沙凡加上這麼幾句：「那時候，食水是鹹的，泡出的茶，鹹味極濃，好像加上鹽似的。」

譚太說：「制水是一件苦事！」

33

這一天，沙凡的工作特別忙，尤其是下午，忙得幾乎連氣也透不轉。好不容易挨到放工，才釋然舒了一口氣。有一位同事約他去喝下午茶，他婉拒了。

回到家，沙太一見他就像被人刺了一針似的叫起來：

「廁箱又沒有水了！」

沙凡覺得為這種芝麻綠豆般的小事而焦急，是不必要的。

「這是常常發生的事情。」他說。

「現在不同！」沙太用雞啼般的語調嚷，「現在香港各水塘的存水越來越少，當局不但實施第二級制水，而且一再呼籲全港市民節省用水。在這個時候用食水沖廁，太浪費了！」

「有甚麼辦法？」沙凡說，「廁箱沒有水，只好用食水沖廁。」

「今天日報上有一則新聞，說是鰂魚涌有幾幢大廈的住戶都是用食水沖廁的。」

「除了鰂魚涌，其他各區也有不少大廈的住戶用食水沖廁。」

「我實在不明白。」

「不明白甚麼？」

「難道當局完全不知道這種情形的存在。」

「不可能不知。」

「既然知道，為甚麼不設法改善？」沙太問。

沙凡聳聳肩。

沙太意猶未盡，繼續講下去：「水塘存水量越來越少，再不落雨，今冬一定會實施更嚴厲的制水措施。現在已是秋季，落大雨的可能性很微，要是在制水期間不斷用食水沖廁的話，到了旱季，市民必會受到更大的痛苦。」

「聽說，菲律賓以東的太平洋上有一個熱帶風暴，正在向西吹來。」

「現在是陽曆十月中旬了，會打風嗎？」

「雖然如此，颶風吹襲本港的可能性還是存在的。」沙凡說。

「過去，聽到打風，心裏就害怕；現在——」沙太說，「我希望這個颶風會帶來大量雨水。」

沙凡聳聳肩：「這個颶風要是不改變方向的話，有可能會帶來十吋八吋雨量。」

「今年沒有打過風，」沙太說，「天文台雖然掛過風球；卻沒有掛過三號以上風球。」

「不知道這一次會不會掛八號風球。」沙凡說。

晚上，風勢轉強。扭開收音機，新聞廣播正在報告風暴消息，說是天文台已於十點二十分懸掛一號風球，表示一股熱帶風暴已進入本港四百海里的範圍以內，對本港有威脅。

「這樣就好了。」沙太說。

「問題是，這個風暴會不會吹襲本港，」沙凡說，「要是中途轉換方向的話，雨水就不會多了。」

「打風不成三日雨，」沙太說，「即使打不成，只要落三日雨，水荒的情形就不至於太嚴重。」

「希望這個風姐會帶來較多的雨水。」

第二天，沙凡起身後第一件事便是收聽電台的廣播。據說，天文台已於零時後改掛三號風球。廣播員還說：「該風暴要是依照目前的途徑移動，有可能侵襲本港。」聽了這廣播，大家都很高興。如果風姐當真向香港吹來的話，最低限度，水務局就不會實施更嚴厲的制水。

這天下午，根據天文台報告，颶風仍在沿西北偏西推進，雨帶逐漸接近本港。快活谷有賽馬。廣播員說跑馬地正在落雨。

在制水期間，雨是最受歡迎的東西。

大家都希望颶風「比絲」帶來大量雨水，以免今冬受到制水之苦。

沙凡對老葉說：「現在，外邊已開始落雨了。根據天文台的報告：雨帶已接近本港。看樣子，水荒的嚴重性可望減輕。」

「希望落幾場大雨！」老葉說。

放工後，沙凡走去搭車，雨已停。縱然如此，他卻並不感到失望。依照他的想法：只要颶風接近本港，一定會落幾場大雨。

這天晚上，他們坐在電視機前看了幾個鐘頭電視節目，窗外一直只有雨粉。這種雨粉，當然不能解除水荒。

第二天是星期日。沙凡毋須返工，兩個孩子毋須返學。大家一起身，第一件事就是收聽電台的廣播。

電台廣播員說：颶風「比絲」在本港東南偏南一百八十海里之處停留不動。

「停留不動！」沙勇有點失望。

「停留不動並不是說：這個颶風不會吹來了。」沙凡說，「現在，颶風比絲位於本港東南偏南，仍有可能朝本港吹來；如果颶風移到本港西南的話，則吹襲本港的可能性就會減少。」

沙娟問：「颶風既然距離本港只有一百八十海里，本港為甚麼還不落雨？」

沙凡三步兩腳走到窗邊觀看。「雨是有的，」他說，「不大。」

「昨天晚上，也沒有落過大雨，」沙娟說，「老天爺好像存心跟香港人開玩笑似的，知道香港正在制水，知道香港人都在伸長脖子盼望大雨，卻老是落些雨粉下來。落了一夜的雨粉，也不夠香港人半日的耗水量！」

沙凡說：「只要颶風繼續移近本港，一定會落大雨。」

「颶風會不會接近本港？」沙娟問。

「這是很難講的，」沙凡說，「現在，颶風在港外停留不動，即使天文台的工作人員也無法預測它的動向。」

大家伸長脖子等老天爺落大雨；但是，落下來的只是雨粉。風是有的。

天文台依舊懸掛三號風球，只是不落大雨。沙勇與沙娟等得不耐煩，索性走上天台去觀看天色了。當他們從天台上走下來時，沙凡問：

「怎麼樣？」

「天台上的風，相當大；海上也有白浪。」沙勇說，「根據這兩點來看，颶風仍有可能吹襲本港。」

「只要颶風朝本港移近，一定會落大雨。」沙凡說。

到了中午，電台播出風暴消息時說：「颶風比絲在本港西南偏南一百八十海里處，向西移動。」

聽了這廣播，沙凡說：「颱風已由東南偏南移到西南偏南；而且向西移動，看樣子不會吹來香港了！」

「但是，」沙太說，「就算不是在正面吹襲本港，總不會不落雨的。」

沙凡說：「打風不成三日雨，即使颱風朝海南島吹去，本港也會落幾場雨。」

沙太轉過臉去望望窗，窗外無雨。

這是星期日，原該出去走走的，因為天文台懸掛三號風球，大家坐在客廳裏看電視。

整整一天，沒有落大雨。

整整一天，天文台懸掛三號風球。

從電視台播出的新聞報告中，他們看到了低窪地區出現水浸的景象。

「奇怪，」沙勇問，「一場大雨也沒有落，怎會出現水浸的景象？」

「由於港外有颱風的關係，使水位高漲了，」沙凡說，「水位高漲，低窪地區就會出現水浸。」

「老天爺好像故意跟香港人開玩笑似的，」沙太說，「香港人希望落幾場大雨，可是大雨不落，不少街道卻因水位高漲而水浸了！」

「希望還是有的。」沙凡說。

「甚麼希望？」沙勇問。

「落大雨的希望。」沙凡答。

「颶風向西吹去，哪裏會吹來香港？」沙勇說。

「天文台依舊懸掛三號風球！」

天文台雖然懸掛三號風球，總不見大雨落下來。到了星期一上午九點零五分，天文台終於將三號風球卸下了。

颶風「比絲」沒有帶來半時雨水，使香港人大失所望。

香港各水塘的存水量一天比一天少。

星期四上午十點五十五分，天文台又懸掛一號風球了。沙凡在寫字樓做事的時候，那個剛從銀行走回來的雜工用興奮的口氣對他說：

「天文台又掛一號風球了！」

「真的？」

「我在銀行存款時，別人都是這樣講的。」

「比絲剛離去不久，怎會掛風球的？」沙凡說，「如果是六七月，這種情形不稀奇；現在是十月中旬，打風的可能性不大，怎會接連有兩個颱風吹來？」

那雜工聳聳肩，走去收發處做他未做完的工作。沙凡對老葉說：

「又掛風球了！不知道這個風球會不會帶雨來？」

「希望這個颶風會帶些雨水來；要不然，水務局一定會實施更嚴厲的制水措施。聽說本港的存水已大減；需要有二十吋的雨量，才能恢復正常的食水供應。」

「不敢奢望這個颶風會帶來二十吋的雨量，」沙凡說，「只希望能夠落幾場大雨。」

颱風名叫「嘉曼」。

根據天文台的報告：「嘉曼」闖入本港警戒範圍後，在本港東南三百三十海里之處向西北吹去。如果颱風繼續依舊這個方向移動的話，大有可能正面吹襲香港。問題是：天文台雖已懸掛一號風球，距離本港尚遠，中途轉向，是大有可能的事。如果「嘉曼」當真轉向的話，香港人盼望的雨水又要落空了。

使一般人感到意外的是：颱風「嘉曼」移動得很快。當天晚上，天文台改懸三號風球。

沙太正在埋怨沒有足夠的水洗衣，沙凡用興奮的口氣將天文台改懸三號風球的事告訴她。她聽了，嘆口氣：

「有甚麼用？上次『比絲』吹來時也掛過三號風球，結果怎樣？」

說到這裏，頓一頓，然後提高嗓子加上一句：

「只落了一些雨粉，」

那是星期五上午十時十分，由於「嘉曼」繼續向西北移動，而且風力已增強，天文台改懸東北烈風信號八號風球。

在此之前，香港人聽到颱風逼近的消息，就會感到頭痛；但是現在，水塘的存水量越來越少，大家都在盼望颱風帶來的大量雨水。

天文台既已懸掛八號風球，照規矩，商行就停止辦公了。

沙凡與別的同事一樣，匆匆趕去搭車，趕回家去。

搭車的人很多。巴士站與電車站擠滿了人。

沒有辦法，只好改搭小型巴士。搭乘小型巴士的人也很多；司機乘機抬高車費。起先，沙凡還有點躊躇不決，總覺得小巴司機不應該在這個時候漲價的。後來，因為落雨了，心中一樂，即使多花些車費，也不在乎。

回到家，雨勢轉大。沙太見到他，笑嘻嘻的說：

「落雨了，當真落雨了！」

「雨勢還不夠大。」沙凡說。

「只要颱風接近本港，相信一定會有更多的雨水落下來……」沙太說，「事情也真有點奇怪，天文台改掛八號風球後，居然落雨了！」

「聽說本港需要二十吋的雨水才能解除目前的水荒。」

「嘉曼會不會帶來二十吋的水？」

「這是誰也無法預料的。不過——」

「怎麼樣？」

「二十吋，」沙太說，「在短短兩三天之內要颱風帶來二十吋的雨量，顯然是過奢的希望。」

這時，雨勢忽然轉大，沙太走去關窗。「看樣子，」她說，「這個風姐有意送些雨水給我們了！」

「想得到大量雨水，只有希望颱風正面吹襲本港。」

「如某颱風正面吹襲的話，香港又要遭受不可預計的損失了！」

「這是沒有辦法的事，」沙凡說，「除非我們不希望颱風帶來更多的雨水；否則，遭受財物的損失，在所難免。」

落了一下午的雨。

沙凡說：

「這是及時雨！正在制水的時候，嘉曼帶來這一場雨，太好了！」

「但是，」沙太說，「雖然落了一下午的雨，所得的雨量並不多。」

「雨量雖不多，總可以減少一些水荒的嚴重性。再說，天文台已懸掛八號風球，除非嘉曼迅速吹向別處；否則，一定會繼續落雨。」

「雨勢並不太大，」沙太說。「過去，要是天文台懸掛八號風球的話，總是大風大雨的；可是這個嘉曼，不但風勢不夠強勁，連雨勢也相當微弱。」

「嘉曼能夠在這個時候帶雨來，已經算是不錯了。比絲在港外轉向，半吋雨也沒有帶來！」

「制水是一樁苦事！」

「這是沒有辦法的，」沙凡說，「水塘的存水量一天比一天少；不制水，到了旱季，大家就沒有水喝了！」

沙太偏過臉去望望窗，窗外仍在落雨。她說：

「希望嘉曼能夠多帶些雨水來。」

這場雨，落得很長，一直到第二天早晨，仍在落。沙凡第一個起身，走去大門邊，拾起報販從門縫中塞進來的報紙，閱讀有關颱風嘉曼的消息，根據報上的記載：颱風嘉曼已帶來超過五吋的雨量。

讀過報紙，扭開收音機，收聽最新的風暴消息。從廣播中，才知道天文台在上午四點三十分的時候改懸九號暴風增強訊號。

沙太與兩個孩子也起身了，沙凡用興奮的口氣對他們說：

「天文台改掛九號風球了！」

沙太聽了這句話，又驚又喜：「這樣說來，你用不到返工了！」

「兩個孩子也用不到返學。」沙凡說。

亞勇與亞娟高興得手舞足蹈，三步兩腳走到窗邊觀看窗外的景色。窗外，雨像千萬支玻璃管子從天上掉下來。

「好了！」亞勇說，「雨勢這樣大，水荒可以解除了！」

「水務局發言人說：要撤消制水，需要五百公厘的雨量。」

「嘉曼有可能帶來很多雨量？」亞勇問。

「這是誰也無法預料的事，」沙凡說，「天文台的發言人表示：嘉曼停留愈久，本港獲得的雨量愈多。現在，我們唯有希望嘉曼停留得久些。」

「嘉曼」似乎知道香港人需要食水似的，在最接近本港的時候，再一次停留不動。

落雨。

雨水不斷落下來。

沒有一個颱風像「嘉曼」那樣受歡迎的。它帶來了香港人最需要的雨；卻不吹狂風。雖然天文台已改懸九號風球，卻連風哨子也聽不到。

「嘉曼」是一個來自遠方的朋友，送給香港人一份豐厚的禮物。

沙太從廚房走出，望望雨窗，搭訕著問沙凡：

「不知道會不會撤消制水？」

「剛才，電台播出水務局高級職員的談話，說是第三期制水可能會延期。」

「延期？」

「按照水務局的計劃，從星期三起要實施第三級制水。」
「落了這麼多的雨，還要制水？」
「看樣子，暫時還不會放寬。」
「這些日子，大家都伸長脖子盼望老天爺落雨，好不容易等到嘉曼帶來這麼多的雨水，還要受制水之苦！」
「水務局是很審慎的。」
「究意要多少水才能放長喉[25]？」
「大概要等所有的水塘全部滿溢了，才放長喉。」沙凡作了這樣的猜測。
沙太不但不同意他的看法，而且多少有點惱怒了。當她再一次開口時，她竟放開嗓子嚷了起來：
「去年冬季沒有制水，難道十月份的各水塘都是滿溢的？」
沙凡低聲下氣：「發這麼大的脾氣做甚麼？如果可以放長喉的話，水務局決不會不放長喉。」
沙太臉上的表情還是很難看：「制水的痛苦，你不是沒有嘗過的！」
沙凡總覺得妻子無端端發脾氣是不必要的，「嗳」了一聲後，說：

25 放寬管制。

「現在，嘉曼給香港人帶來這麼多的雨水，水荒雖不一定會因此而解除：最低限度，它的嚴重性已減輕。」

吃過早飯，仍在落雨。沙太望著雨窗，說：

「嘉曼帶來的雨，可真不少！」

「越多越好，會放長喉！」沙凡說，「各水塘都滿溢的時候，水務局一定會放長喉！」

可是，到了十一點鐘，天文台改懸九號東北烈風訊號後，雨停了。

沙勇要出街。

「天文台懸掛九號風球，你走出去做甚麼？」沙凡問。

「沒有風，也沒有雨，到外邊去走走，有甚麼問題？」亞勇說。

「打風的時候，最好坐在家裏。」

「坐在家裏，太悶。」亞勇說。

「不要出街，」沙太說，「這時候出街，非常危險。」

亞勇伸手朝窗子一指：「大風大雨，當然不能出街；沒有風，沒有雨，為甚麼不能出街？」

沙太「噯」了一聲，說：「還是在家裏看電視吧。今天的電視節目相當好。」

亞勇很固執，大踏步走入臥房更換衣服。換好衣服，不顧父母的反對，拉開大門，出街。

沙太嘴裏嘀咕幾句，走去廚房淘米。因為打風的關係，沒有到街市去買菜。不過，罐頭食品是早已準備好了的。

下午三點，天文台改掛三號風球。颱風「嘉曼」對本港的威脅已解除；不過，依舊有雨。「嘉曼」為香港人帶來了十八吋雨水，使水務局宣布全日放水。這是一件值得高興的事。

但是，也有痛苦的一面。

一個少女被大水沖走了。新界農地被大水淹沒，災情嚴重。水勢高漲，許多低窪地區的居民被逼棄家走避。元朗紅毛鎮有十二名小童因水勢高漲而陷於困境。避風塘大型漁船沉沒。大坑道「麗星樓」因山泥傾瀉被當局封閉。

沙凡有個朋友住在「麗星樓」。

這個朋友姓C。

老C與沙凡一樣，也是一個受薪階級，因為省吃儉用，幾年前以分期付款的買了「麗星樓」的一個單位。

當他買了那個單位時，樓價還沒有大幅度上漲；後來，股市瘋狂上升，恆生指數猶如火箭般衝上千七點，樓價也隨之上漲。那時候，老C買的那個單位已漲到二十幾萬。

作為一個受薪階級，有能力買入這樣一層樓宇，即使不敢驕傲，最低限度也該為自己慶幸。他的負擔相當重，除了三個女兒外，還有年事已高的父母。香港是個蕞爾小島，人口稠密，即使新區越來越多，屋荒仍未解除。老C是個受薪階級，收入有限，沒有一層屬於自己的樓宇，必須將收入的百分之七十作為租金繳給業主。這，當然是一件傷腦筋的事。自從買了那個單位之後，將租金當作樓價，負擔雖重，心情卻很輕鬆。

現在，由於颱風「嘉曼」襲港，竟發生了這樣一件事，老C怎能沒有擔憂？

沙凡與老C是好朋友，從報紙上看到「麗星樓」背後出現山泥傾瀉的現象，打電話給在寫字樓辦公的老C，安慰他說：

「這是用不到擔憂的。根據報上的記載：雖然背後的山泥傾瀉了，只是淹蓋了一部分停在停車場的汽車，樓宇本身並沒有受到損傷。」

「雖然沒有受到損傷，心理上的威脅卻無法消除。」老C說。「現在，警方已封閉現場？」

「一家人暫時住在學校裏。」老C答。

「甚麼時候可以搬回去住？」沙凡問。

老C嘆口氣：「總之，這是一件傷腦筋的事。就算將來搬回去了，心理上的威脅仍難消除。旭龢道的慘事[26]給我們的印象實在太深。」

沙凡聳聳肩，說了幾句安慰老C的話，收線。

●

這天晚上，吃過晚飯，沙凡閱讀晚報時，沙太對他說：

「現在，水荒已解除，我們不需要這麼多的水桶了。這些水桶，占據的空間太多，不如送給別人吧。」

沙凡用埋怨的口氣說：「叫你到了第三級制水的時候買水桶，你不但不肯聽我的話，反而買了這麼多的水桶回來！」

「誰知道嘉曼會帶來這麼多的雨水，我不是神仙，怎能知道事情會有這樣的發展？」沙太說。

「嘉曼帶不帶雨水來，是另外一件事。如果你不那麼性急的話，這個問題根本不會產生。」

「性急？」沙太用食指點點自己的鼻尖，彷彿吵架似的嚷了起來，「現在，嘉曼帶來這麼多的雨水，你就說我性急了。如果嘉曼像比絲那樣，半吋雨水也不落，水桶一旦斷市，你就要責備我不買水桶了。」

「水桶不會斷市的，」沙凡說，「少做生意的人，有錢可賺：豈肯不賺？」

「這是很難講的，」沙太說，「今年年初，大家搶購廁紙，有一兩隻牌子的廁紙也斷了市，難道你已忘記？」

「我怎會忘記？」沙凡用揶揄的口氣說，「那時候，你借了錢來囤積廁紙！」

「我認為，隨便甚麼事必須未雨綢繆。」

26 香港歷史上最嚴重的土石流災害。一九七二年在香港島半山區寶珊道發生山崩，受強烈風化的火成岩山坡在連綿大雨下滑動，沖毀了寶珊道二層樓高的洋房，也將干德道一棟六層樓高的房屋沖塌，洪水及土石混和樓宇瓦礫，形成土石流，衝向位於旭龢道的旭龢大廈，這棟十二層樓高的大廈折斷倒塌，並波及在山坡下的景翠園E座。

「未雨綢繆？」沙凡說，「那幾隻水桶是在未定公價前搶購來的，付了雙倍的價錢！」

「誰知道水桶也有公價？」

「總之，你不應該那麼性急的。只要你肯接受我的勸告，這個問題根本不會產生！」

「現在，」沙太將嗓子壓低了，「問題既已產生，就該設法解決才對。」

「有甚麼辦法？」

「送給別人。」

「送給別人？」沙凡說，「我們不要水桶；別人當然也不會要的。香港地小人多，住屋多數像豆腐乾一樣，水荒既已解除，誰也不肯讓水桶占據太多的空間。」

沙太三步兩腳走入臥房，從手袋中取出那本小小的人名簿，然後打電話給幾個親友。打了幾個電話後，終於證實了沙凡的看法。除了住在九龍鑽石山的杜太外，所有的親友都不接受沙太的「贈送物」。那位住在鑽石山的杜太說：

「好的，送給我吧。不過，這幾天實在抽不出時間。那些水桶暫時留在你處，等我有空時，過海來拿。」

沙太說：「我就因為水桶占據的空間太多，才設法將它們送掉的，最好請你在一兩天之內抽空來拿。」

「最近，我忙得連氣也透不轉，一兩天之內絕對抽不出空。」

「你要是不能在一兩天之內來拿的話，我只好將它們當作垃圾丟掉了。」
「既然這樣，你就將它們丟掉吧。」杜太說。
沙太放下電話聽筒後，低垂眼波，尋思久久，彷彿有了不能化解的心事似的。沙凡見他如此擔憂，暗覺好笑，進入臥房拿了內衣褲，走去沖涼房。當他沖過涼出來時，沙太還是那個表情：愁眉不展地坐在那裏。
驀地，沙太苦有所獲地「噢」了一聲，說：「有了！低價賣給缸瓦店，明天我去問。」
第二天，沙太一早去缸瓦店。
缸瓦店就在街市旁邊，規模很小，門口堆滿藍色或橙黃色的膠桶。沙太見此情形，勇氣盡失，呆呆地站在那裏，將視線落在那些膠桶上。她想：
「水荒已解除，水桶滯銷，教我怎樣開口？」
這樣想時，缸瓦店的老闆笑嘻嘻走出來，走到她面前，問：
「買水桶？」
「不，不是買水桶。我……我有幾隻水桶，想賣給你們。」
「賣給我們？」老闆的笑容頓時消失，用冷若冰塊的口氣說出兩個字，「不要！」
沙太用詢問的語調說：「半價賣給你們。」
老闆正正臉色：「不瞞你說，嘉曼帶來這麼多的雨水，本港的水荒已解除，別說你的水桶，就是我們向廠家定的水桶，現在也想退貨了！」

「我願意將水桶半價賣給你。」

老闆聽了沙太的話，嗤鼻冷笑。

「別說半價，就是五元一隻，我也不要。你看——」他伸手朝那些堆在門前的膠桶一指。「這些水桶，不知道甚麼時候才能賣出！」

碰了一個釘子，廢然走去街市買菜。在街市買菜時，老是想著同一個問題：「怎樣處理這些水桶？」

傍晚時分，沙凡公畢回家，問她：「缸瓦店要不要？」

她搖搖頭。

沙凡說：「現在該怎麼辦？這些水桶，送不出，賣不掉，總不能老是放在那裏，占據這麼多的空間。」

沙太也斜著眼珠子，對那些水桶一瞅，負氣地：

「在目前這種情況下，只有兩個辦法可以解決這件事：一，將這些水桶當作垃圾丟掉；二，將它放在客廳裏。」

「放在客廳裏？」

「我們這層樓，除了客廳還有空間外，再沒有地方放這些東西了。」

「客廳裏放了這麼多的水桶，成甚麼樣子？」

「這個問題，相信別的家庭也有，」沙太說。「今年夏天，雨量稀少，使各水塘的存水量比去年同時期少得多，水務局不得不宣布制水；我們也不能不買水桶！」

「我反對。」

「反對甚麼？」

「我反對將水桶放在客廳裏。」

「不放在客廳裏，就沒有別的地方可以放了。」

「既然沒有地方放，就將它們當作垃圾丟掉吧！」

「但是——」

「甚麼事？」

「現在，水務局雖然放長喉，卻是暫時的。據說，淡水湖的存水量不夠多，過些時日可能會恢復制水。到那時，水桶又可以派用場了！」

「這一次，嘉曼帶來這麼多的雨水，哪裏會恢復制水？」

「報上有一則新聞，說是水務局恢復制水的可能性相當高。」

「就算恢復制水，辦法一定不會像過去那樣嚴厲的，你是常常留意報紙的新聞的，不會不知，嘉曼帶來的大量雨水使本港大部分水塘滿溢了。水塘滿溢後實施制水，情形一定較為緩和。」

「只要水務局實施制水，這些水桶還是有用的，」沙太說。

沙凡搖搖頭，不同意妻子的看法。他固執地認定：這水桶沒有必要保留。

由於沙凡的固執，沙太只好將水桶放在太平梯邊的垃圾籃中。不過，她總覺得將水桶當作垃圾，是一種浪費。不止一次，她在沙凡面前嘀咕：「萬一恢復制水時，你會後悔的。」

●

十月二十八日下午，放工後，沙凡走去搭乘巴士。在巴士站排長龍時，聽別人說：

「天文台懸掛一號風球了！」

這是難以置信的：當香港正在鬧水荒的時候，竟一連來了四個颱風。這第四個颱風，名叫「伊蘭」，據說是一個強力颱風，風力甚勁，曾在菲律賓造成相當大的災禍。

這天晚上，沙氏一家人坐在客廳裏看電視，從電視新聞的報導中，他們知道這個名叫「伊蘭」的颱風吹襲菲律賓時，二萬五千人無家可歸。

「不知道這個颱風會不會吹襲本港？」沙太問。

「天文台不是已經懸掛一號風球了？沙凡反問她。

「這個颱風要是吹正香港的話，淡水湖的存水量一定可以激增。問題是：它的風力這樣強勁，萬一正面吹襲，又要帶來許多災禍了！」

沙凡想起老C。

「晚報有一個消息，說是麗星樓的住客可以搬回去了，」他說，「從今天下午四時起，他們就可以搬回去了。」

「那些麗星樓的住客剛搬回去，天文台又懸掛一號風球！」沙太說。

「據說：麗星樓後面山坡上的清理工作仍在繼續進行中。不打風，還不成問題；萬一伊蘭正面吹來，那些住客又要搬出來了。」

「不知道老C有沒有搬回去？」沙太問。

「老C一家七口，住在臨時安置所，樣樣都不方便，既然封閉令已解除，沒有理由不搬回去。」沙凡說。

「現在，掛的是一號風球，毋需搬出來。」

「話雖如此，心情難免不緊張。老C曾經對我說過，旭龢道慘劇給他的印象實在太深，即使搬回去居住，除非山坡上的補救工作能夠做妥，否則總有點提心吊膽。」

十一點敲過，電視機的螢光幕上忽然映出「天文台懸掛三號風球」的字樣。

「掛三號風球了！」沙太說。

「看樣子，這個名叫伊蘭的風姐知道我們淡水湖的存水量還不夠理想，有意再送些雨來，以免水務局實施制水。」沙凡說。

沙太板著面孔，一本正經地：「這個颱風的風力比嘉曼強勁得多，要是正面吹襲的話，雖然可以幫助我們解除水荒，也有可能帶來更多的災禍。上次，嘉曼襲港時，沒有正面吹來，新界的農作物已受到相當大的損害；萬一伊蘭正面吹來，就不堪設想。」

「麗星樓的住客又要受驚了。」

「不知道老C怎樣了？」沙太問。

「天文台懸掛三號風球，依照警方的規定，是不需要搬出來的。」沙凡說。

「雖然警方規定懸掛八號風球時需要搬出來；但是，剛搬回去就懸掛三號風球，即使獲准繼續住下去，心理上也不會沒有驚惶。」

「現在已經是深夜了，而且正在落雨，老C要是在這個時候搬出來的話，情形一定非常狼狽。」

「打個電話給他。」

「現在已經十一點多了，老C一家人可能已上床，將他們從睡夢中吵醒，不大好。」

「明天打個電話給他。」

「是的，明天打電話給他。」

第二天上午，沙凡在寫字樓做事時，打了一個電話給老C。

「怎麼樣，老C，你們有沒有搬出來？」沙凡問。

「昨天晚上天文台改懸三號風球後，麗星樓有一部份住戶又搬了出來。」

「你們呢？」

「我們沒有搬出來。」老C說。

「依照天文台的報告，颱風有正面吹襲本港的可能。」

「我知道。」

「為了安全起見，我勸你還是搬出來住幾天吧。」沙凡說。

老C說：「住在外邊，太不方便。除非天文台改掛八號風球，我們不會再一次搬出。」

老C的固執，使沙凡只好這樣說：

「萬一天文台改懸八號風球時，你有甚麼事需要我幫你做的話，千萬別猶豫。」

老C向他道謝後收線。

之後，颱風「伊蘭」逐步向香港移近。到了星期三上午十時十分，天文台改懸八號東北風球。沙凡打電話給老C，老C已離開寫字樓。沙凡打電話給老C家裏，也沒有人接聽。照這種情形看來，老C一家人終於搬出來了。

八號風球既已掛出，沙凡與所有的白領一樣，必須趕著回家。

在此之前，雖然一直在落雨，雨勢並不大。但是，天文台改懸八號風球後，果然風勁雨疾了。沙凡冒雨走去搭乘小型巴士，小巴司機照例抬高車費。沙凡急於回家，只好硬著頭皮上車。在回家的途中，一直在想著老C那一家人。

小巴在風雨中疾馳，使沙凡看到了車窗外的零亂的市面。每一個人，都好像有點慌張。

回到家，大廈管理員對他說：

「離此不遠的地方，路面忽然下陷了！」

「有人受傷嗎？」

「沒有人受傷；不過，有一輛小型巴士跌入坑裏！」

「車上有搭客嗎？」

「聽說有十個。」

「沒有人受傷？」

「一個也沒有。」

「每一次打風，總會有些意外事件發生。」

「這一次意外事件可能與風雨無關。」

「既然這樣，路面怎會下陷？」

「不知道。」

沙凡聳聳肩，走去搭乘電梯。

窗外，風在雨中跳舞，雨在風中竄奔。大家坐在家裏看電視。新聞報告員說：拳王爭霸戰已開始。這天中午，他們吃罐頭食品。吃過罐頭食品，又看電視。沙勇覺得氣悶，提議去看電影。

沙凡反對。沙太也不贊成。

颱風帶來五吋雨水，使香港的水荒解除了。水務局撤銷制水的計劃。

對於香港人，「嘉曼」與「伊蘭」是兩個可愛的颱風。從來颱風都是可惡的。這兩個是例外。

「伊蘭」消散後，報紙刊出消息，說是南中國海又有風暴結集。這個風暴的名字叫做「菲爾」。

「菲爾」向西移動時，太平洋上出規另一個熱帶風暴，這個熱帶風暴名叫「姬羅莉亞」。

遲到的颱風。

今年夏季特別乾旱。

氣候開始轉冷了，一連出現幾個颱風，當然是反常的。

34

反常的事情特別多。

香港原是一個可以安居樂業的地方；現在，由於治安太壞，守法市民的生命財產幾乎完全得不到保障。

物價狂漲。

股市狂跌。

在通貨膨脹的時候，百物騰貴，股市獨賤。股票比實際價值低得多、仍在繼續下跌。

百物騰貴，薪俸所得稅的免稅額仍不提高。借債繳稅的人，越來越多。

這是反常的。

這是不合理的。

不合理的事情，在這裏，很多很多。

前幾年，報章雜誌刊登黃色文字或猥褻圖片，就會受到處分。現在，所有報攤都擺滿專登黃色文字或猥褻圖片的報刊，當局為甚麼不加取締？

小電影式的大電影，只要在廣告裏註明「兒童不宜觀看」，就可以在電影院公映了。

大部分電影都有「床上戲」。這種「床上戲」，如果是幾年前，一定逃不過電檢處的剪刀。

現在，大部分電影都有「床上戲」。

剪不勝剪？

幾年前認為不對的事情，現在卻沒有甚麼不對了。為甚麼？

有人說：打鬥片對搶劫案的增加並無關連。

有人說：色情片與色情雜誌對姦殺案的增加並無關連。

但是，搶劫案越來越多。

但是，姦殺案的數字也在增加。

為甚麼？

35

天氣轉涼了。

世界性的經濟衰退，使香港的工業受到很大的影響。

水荒雖已解除，仍有比水荒要嚴重的問題需要解決。

到處發生劫案。

兇殺案的數字不斷增加。

股市等於洩了氣的氣球，無力回升。

馬迷仍多。

四重彩爆大冷門。兩元複式有二十八張中彩，每票可得彩金十八萬一千二百九十六元。

誘惑力極大。

工商業不景。許多人將僥倖之心寄存在賭博上。

本星期三，舉行夜馬補賽。

下星期三，舉行夜間賽馬。

生意難做。工廠停止開工。有人宣布破產。有人將剩下的資金當作賭本，走去澳口賭「百家樂」。六萬元一注。賭幾個鐘頭，有錢人可以變成窮光蛋；窮光蛋可以變成有錢人。

百貨公司大減價。

身上沒有錢的人，無論貨物怎樣減價，也只好站在櫥窗前觀看玻璃後邊的陳列品。

香港商店的櫥窗具有極大的誘惑力。

抵受不了櫥窗的引誘，就拿著刀子去搶。

香港每一個角落都有搶劫事件發生。治安太壞了。治安壞到無可再壞。

香港有許多報紙。

報紙上經常刊登搶劫新聞。大家都希望警方拿出力量去撲滅罪惡。

教堂裏的牧師在唸聖經：「主所允許的尚未成就，有人以為祂是耽延；其實不是耽延，乃是寬容你們，不願有一人沉淪，乃願人人都悔改。」

劫殺案層出不窮。

色情刊物已形成巨浪。香港的墮落文化。

電影院生意很不錯。

一部重映的舊片，大受歡迎，映了二十日，仍在映下去。

治安太壞。

有人在報紙上刊登廣告，出售「電子保鏢」，說是在「任何環境下，都能事先察覺劫匪行動，先發制人」。

時代的產物。

恐怖時代。

天堂裏的恐怖時代。天堂裏的居民都在提心吊膽。天堂裏的居民不能安居樂業。

據說：葛柏要引渡回港了。代表葛柏的律師芬尼爾對某報的記者說：「如果葛柏被引渡回港，可能會被殺害。」

這是報紙刊登的新聞。

報紙刊登的新聞：芝加哥萬國寶通銀行與摩根擔保信託銀行宣布減低利息。

香港的股市繼續下跌。

報紙刊登的新聞：波斯灣產油國週末討論削減石油價格問題。

香港的股市繼續下跌。

金價上漲。

經濟陷於難復的低潮，人們對貨幣已失去信心。

通貨膨脹。

通貨不斷膨脹時，股票的價值隨之提高。股票繼續下跌，使人們將黃金視作保值的對象。

經濟專家說：「黃金與貨幣已沒有關連。」

金價仍在繼續上升。

窮人因為沒有錢而煩惱；富翁因為有了錢而煩惱。

分類廣告裏有太多的樓宇出售。

屋荒還沒有解除。許多人的居住環境都很差。空置樓宇很多。

樓宇不容易賣出。

沒有樓的人，為了住的問題，大傷腦筋。

有樓的人，因為樓宇賣不出，大傷腦筋。

天氣轉涼了。白領需要換季了。薪水不加，百物騰貴。在寫字樓當職員的，不能穿得太寒酸。

天氣轉涼了。入境事務處勸告市民：打算回鄉過年的，及早申領回港證。

天氣轉涼了。劫匪猖獗。一個盲人被劫匪擊傷。

天氣轉涼了。

36

聖誕節快到了，在熱鬧的市區行走時，偶而會聽到〈平安夜〉與〈白色聖誕〉之類的歌聲。中環的幾幢商業大廈上，有工友們在布置聖誕裝飾。這是每年都有的點綴。

十一月還沒有過去，尖沙嘴的聖誕裝飾已經布置好了。

與往年一樣，這些聖誕裝飾是美麗的。

與往年不同的是：今年尖沙嘴的聖誕裝飾特別少，只有瑞興公司前邊幾支街燈上有這種應景的裝飾。

氣氛並不熱烈。

往年，聖誕裝飾由半島酒店開始，一路布置到尖沙嘴街坊福利會。

今年的燈飾缺乏應有的輝煌。

工商業不景。生意難做。世界性經濟衰退。股市狂瀉，一般人的購買力越來越低。

購買力越來越低，百貨商店都在舉行大減價。

聖誕節已近，幾乎每一家百貨商店都在舉行大減價。股市暴跌時，人們為了節省開支，總想買些便宜貨。生意難做，百貨公司只好採取薄利多賣的營業方針。港九各大百貨公司都在報紙上刊登大減價的廣告。對於購買力越來越低的市民們，大減價是一個極大的引誘。

許多人都想買便宜貨。

37

讀了報紙上的廣告後，沙太也想趁這個機會買些便宜貨。

先去中環。

中環有幾家百貨公司在舉行大減價，每一家都黑壓壓的擠滿顧客。

在此之前，有些公司舉行大減價，只是將「大減價」當作一種幌子，希望有更多的顧客走來購買他們的貨物，未必真減。現在，由於原油短缺，世界性經濟衰退所產生的連鎖影響，不但使香港的工商業陷於不景；同時使一般人的購買力也越來越低了。因此，任何一家公司舉行大減價，要不是真減，就無法將貨物推銷出去。

沙太看過兩家百貨公司後，承認大部分貨物都比平時便宜。

不過，為了省錢，她希望能夠買到更便宜的東西。

懷著這種希望，她搭乘渡輪過海去了，過海，搭車前往旺角。

旺角有不少百貨公司；而且多數都在舉行大減價，由於旺角是個人口稠密的地區，商店的生意總比別區好。只要是稍具規模的百貨公司，不減價，也有許多顧客；奉行大減價時，當然會擠得水洩不通。

沙太走進一家規模相當大的百貨公司。

百貨公司裏，顧客很多，擠得像農曆大除夕的花市，連冷氣也失去應有的功能。

沙太想買羊毛衫與尼龍氈，擠在人群中，慢慢向女裝部擠去。

好容易擠到女裝部，看了許多羊毛衫。這些羊毛衫都是來路貨，式樣新穎，價錢便宜。

沙太已經看過幾家百貨公司的貨物了。那幾家百貨公司雖然也在舉行大減價，所減的幅度卻不及這一家大。

她決定在這一家選購她所需要的東西。

由於羊毛衫的種類太多，在選擇時，反而感到困難了。有好幾件羊毛衫都是她喜歡的，但是她的經濟能力不允許她買得太多。

三心兩意，老是決不定買哪幾件。

就在這時候，距離她不過十幾呎的地方忽然起了一陣騷動，定睛一瞧：百貨公司的女職員捉住一個少女的手臂，強要打開她手袋。

許多顧客見此情形，好奇心起，紛紛圍攏來觀看究竟。沙太也有好奇，費了很大的勁擠過去。

百貨公司的女職員說是親眼看到那少女偷竊一套衫裙。

少女放開嗓子嚷：「我沒有偷！」

女職員強搶少女的手袋，少女抗拒，就在僵持不下時，女裝部的部長走來了，問女職員：

「你看見她偷衫裙？」

「是的，我親眼看見她將衫裙塞入手袋。」女職員說。

部長轉過臉去，柔言細氣向少女解釋，要求她打開手袋。那少女說：

「這是我的手袋，我不願意打開，你不能強迫我這樣做！」

部長說：「你要是沒有偷東西的話，就不怕將手袋打開給我們觀看。」

少女歇斯底里嚷起來：「這是我的手袋！我為甚麼要打開給你看？」

女職員用食指點點少女，激動地：「我親眼看見她將衫裙塞入手袋！」

那女職員說得這樣肯定，使部長必須要求少女打開她的手袋。少女不肯。部長說：

「既然這樣，請你到經理室去一次。」

「我不去！」

「你要是不到經理室去的話，我們只好報警了！」

聽到「報警」兩個字，少女的臉上頓時出現驚惶的神色。她不敢再抗拒了，只好跟著部長與女職員走去經理室。

對於那些圍觀的顧客們，這件事已過去。

對於沙太也是如此。

沙太必須選購羊毛衫了。當她朝那個放羊毛衫的飾櫃走去時，發現自己的手袋打開著。手袋裏的鈔票不見了！

38

星期日，中午，收聽電台廣播，才知道天文台已於十二點四十五分懸掛一號風球。

陽曆十二月懸掛風球，在香港，是很少有的事情。正因為這樣，引起了沙凡的好奇。沙凡取出地圖，根據電台的報告，查看颱風結集的地區，以及移動的方向。

「現在是冬天，怎會打風？」亞娟問。

「冬天打風，是很少有的事情。」沙凡答。

沙太從廚房走出，一聽到他們的談話，就問：

「颱風在甚麼地方？」

「本港西南。」

「多遠？」

「二百五十海里。」

「向甚麼方向移動？」

「向北。」

「不會吹來香港吧?」

「照目前的情形來看,有可能在距離香港極近的距離內掠過。」

「奇怪,聖誕節快到了,還會打風!」

「這個名叫艾瑪的颱風,進入南中國海後,一直是向西移動的,對香港可以說是全無威脅,可是今天,忽然轉向了,轉向北方移動。」

沙太聳聳肩:「這真是一件意想不到的事情,十二月還會打風!」

「這確是很少有的,」沙凡說,「這個世界變得很厲害;連氣象也變了!」

這天晚上,風很大。雨點打在玻璃上,發出很響的聲音,彷彿有人在外邊將碎石子一把又一把地擲過來。沙氏一家人坐在電視機前欣賞電視節目「週年紀念遊藝晚會」。

「遊藝晚會」這個電視節目極具娛樂性,放映的時間雖有兩個多鐘頭,仍嫌短些。

「遊藝晚會」映畢,接著是「新聞報告」。當他們收看這個節目時,才知道天文台已改懸三號風球。

新聞報告員說:「強烈熱帶風暴艾瑪結集在本港西南一百八十海里之處,正在向東北偏北移動,時速八海里。」

亞勇聽了這報告,彷彿被人刺了一針似的叫了起來:

「結集在本港，向東北偏北移動，豈不是對準香港吹過來了？」

沙凡不答。

沙太轉過臉去對沙凡說：「你說十二月不會打風的，天文台怎會改懸三號風球？」

沙凡說：「反常！反常！這是反常的現象！」

亞勇說：「照現在的情形來看，颱風逐步向本港吹來，明天可能改懸八號風球！」

沙太說：「如果改懸八號風球的話，你們就不用返工返學了！」

第二天是星期一，風雨仍大。沙凡一起身就扭開收音機，希望天文台已改懸八號風球。

颱風雖然更加接近本港，天文台依舊懸掛三號風球。

「既然這樣，趕快去洗臉刷牙！」沙太對兩個孩子說了這話，三步兩腳走去廚房弄早餐。

當他們吃早餐時，亞勇仍在嘀咕：「如果是夏天，颱風這樣接近本港，天文台早就懸掛八號風球了！」

沙太說：「十二月打風，以前似乎從未有過。」

「是的，」沙凡咬了一口麵包，邊嚼邊說，「一切都變了，連氣候也在變！」

「最好變得像新加坡那樣，沒有冷天！」沙太說。

「你不喜歡冷天？」

「最好四季皆夏。」

「怕冷？」

「不是怕冷。」

「既然不怕冷，為甚麼希望四季皆夏？」

「如果四季如夏的話，我們就可以不必買羊毛衫了。」沙太說。

沙凡這才若有所悟地「噢」了一聲，說：「我明白了！我明白了！」

「你明白甚麼？」沙太問。

「你的意思是：前幾天到百貨公司去購買羊毛衫，給扒手偷去了錢……」

不等沙凡將話講完，沙太就截住他的話題：「可不是嗎？現在已是十二月了，颱風過境後，氣候多數會驟然轉冷，要是寒流隨著襲港的話，沒有羊毛衫就無法禦寒。」

沙凡低著頭，不說甚麼。

吃過早餐，沙凡返工，兩個孩子返學，沙凡有雨傘沒有雨衣；兩個孩子有雨衣沒有雨傘。

雨很大。

落了一夜的雨後，雨勢不但不轉弱，反而加強。這種情形，夏季常有，冬季罕見。

沙凡返工時，心中暗忖：「變了，一切都在變，連氣候也變得與過去不同了。」

亞勇返學時，心中暗忖：「十二月打風，從來沒有見過。」

亞娟返學時，心中暗忖：「颱風距離香港只有幾十海里，天文台為甚麼不懸掛八號風球？」

沙太走去街市買菜時，心中暗忖：「奇怪，十二月還會打風！變了，甚麼東西都在變！風氣變了！人心變了！道德觀念變了！經濟制度變了！……想不到氣候也變了！」

落了一天的雨。

傍晚時分，雨勢轉弱。沙凡與兩個孩子回到家裏時，三號風球已除下。不過，風球雖除下，風勢依然相當強勁。據天文台的報告：颱風最接近香港時，距離香港不過二十海里。

吃過晚飯，大家坐在客廳裏看電視，看「秀蘭歌聲處處聞」的時候，門外忽然傳來一陣打架聲。

沙太吃了一驚，偏過臉去問沙凡：

「外邊吵成這個樣子，莫非發生了劫案？」

「我去看看。」

沙凡站起身時，卻遭到妻子的阻攔。

「不要去看！」沙太說。

「要是有人遇劫的話，我們怎能不去解救？」

「不！不能去看！現在的劫匪，甚麼事情都做得出來了」沙太說。

沙太走去門背傾耳諦聽，低聲說：「好像是隔壁的莊太。」

為了尋求問題的答案，沙凡還是將大門打開了。隔著鐵閘望出去，原來是隔壁的莊達夫婦。莊太一邊放開嗓子咒罵，一邊追打莊達。莊達則在走廊裏像受驚的兔子般竄匿。

沙凡正要打開鐵閘去解勸時，那莊達疾步走到鐵閘前，抖著說：

「快！快！快將鐵閘打開！」

莊達急成這個樣子，使沙凡完全得不到時間去考慮的行為了。他將鐵閘啟開。

莊達猶如一支箭般衝了進來。

那莊太瘋瘋癲癲地要衝進來擊打莊達。

沙凡雖然不能阻止莊太進來，卻伸展雙臂，保護莊達，使莊太不能擊打他。

莊達總算獲得一個喘息的機會了，站在沙氏夫婦背後，縮頭縮腦。

沙太開口了：

「怎麼啦，莊太？何必吵成這個樣子？」

莊太氣得雙目圓睜，說話時唾沫星子亂噴：

「這個死鬼，將兩層樓弄掉後，還不聽我的話，硬要拿我的首飾去變錢，我不拿給他；他竟然將我的首飾偷去了。……」

說到這裏、雙手掩面，嘩啦嘩啦哭了起來。

沙太見莊太哭成這個樣子，忙加勸慰。

沙凡轉過身去，壓低嗓子，問莊達：

「為甚麼吵成這個樣子？」

莊達嘆口氣，說：「還不是為了股票。」

聽到「股票」兩個字，沙凡已明白事情的大概了。這些日子，由於股市暴跌，使許多人都在經濟上蒙受難復的損失。剛才，莊太提到兩層樓與首飾，不必說，是莊達炒股票時弄掉的。莊太越說越傷心。

「要不是因為太貪，那兩層樓也不會弄掉！」她邊哭邊嚷，「恆生指數從千七點跌到千五點的時候，他……他將一層樓按掉了，五十元入置地；十九元入新世界！入了貨之後，大市一直在下跌。置地跌到十七元；新世界六元，銀行一再要我們補倉，只好將另一層樓也按掉。……可是，股市依舊像吃錯了藥，一路瀉！瀉！瀉個不停。……我們手上抓的股票幾已變成廢紙，每個月還要供利息給銀行。……」

說到這裏，一把眼淚一把鼻涕，哭得非常傷心。

莊達站在那裏，猶如木頭人一般，任妻子怎樣講怎樣說，不發一言。

莊太哭了片刻，咽口唾沫，繼續講下去：

「股市跌成這個樣子，他卻還不清醒。前些日子，他沒有徵求我的同意就將我的首飾拿出去變了錢，等我發現時，他說：現在股市已見底，股票平得不能再平，買一些進來，反彈時，就可以翻身了！」

用手絹掩住鼻子，「庫」的一聲擤出一大堆鼻涕，抖聲講下去：

「反彈？那股市等於洩了氣的皮球，哪裏還會反彈？……」

說出這幾句話之後，彷彿被人砍了一刀似的，放聲大哭。

沙凡望望莊達。

莊達似已恢復應有的冷靜，用低沉的語調說：

「這一次，股市暴跌，誰不吃虧？」

哭得像個淚人的莊太，聽了這幾句話，放開嗓子，抖聲嚷：

「我們的日子原是過得好好的，你偏要買股票！我教你不要買，你總說股市已見底，買了，不但可以翻身；而且還可以賺大錢！……賺大錢？弄得連渣都沒有了，還不清醒！……你一向不是一個糊塗人，這一次怎麼這樣糊塗？」

莊達低著頭，像一個認罪的犯人。

莊太哭了一陣，由沙太陪著回家去了。

莊達痛苦地責備自己：

「我錯了！我錯了！我是應該接受她的責備的！……我怎會這樣愚蠢？好好的兩層樓，不要；好好的首飾，不要，偏偏要買股票！」

說到這裏，臉色忽然轉青，加重語氣：

「股票？股票是甚麼東西？說它是廢紙，多少還值些錢；說它是有價證券，這『有價』兩個字簡直是諷刺！沙先生，請你想想：前年值七十六元一股的置地，現在只值三元多！前年值七百五十元一股的匯豐，現在連十元也不到！前年值三百多元一股的怡和，現在只值十二三元！這……這是甚麼東西？」

「吃一次虧，學一次乖。」沙凡說。

39

太子行的外牆上，裝著一棵偌大的人工杉樹。白天，這棵人工杉樹會在陽光照射下熠耀；晚上，燈光四射，為港島心臟地帶增添熱鬧的氣氛。

儘管股市狂跌，儘管能源缺乏，儘管工商業不景，儘管生活程度越來越高，人們見到這些美麗的聖誕裝飾，總會感到興奮的。

到處是聖誕歌聲。

聖誕歌聲總是那樣悠揚悅耳的。

白色聖誕。香港的冬天沒有雪。香港沒有白色聖誕。冰歌羅士比[27]的歌聲永遠不會衰老。

大減價。

幾乎每一家商店都在舉行聖誕大減價。

27 Bing Crosby（一九〇三—一九七七），美國歌手和演員。

商店的櫥窗裏的裝飾都有雪。棉花做的雪。象徵的雪。
在沒有雪的地方，即使用棉花做成的雪也能使人感染到這個節日的聖潔。
看櫥窗的人很多。
香港是「購物天堂」。香港的治安越來越壞。
四百萬居民中，凡是沒有被劫經驗的，都有福。
兇殺案接近一百。
跑馬地出現裝有女屍的紙盒。
恐怖時代。
香港進入恐怖時代，任何一個守法居民都不能安居樂業。劫案越來越多。
十家商店，至少有七八家曾經被劫。有些商店已被劫兩次；或兩次以上。
少女出街，隨時都會遇到可怕的事情。
劫匪太多。
住在香港的人，隨時隨地都有被劫的危險。
香港已進入恐怖時代。
到處是聖誕歌聲。到處是聖誕裝飾。到處是大減價的廣告紙。

40

與同學朱大海閒談時，沙勇能知道大海利用假日與課餘時間去做商品調查工作。

「甚麼叫做商品調查？」沙勇問。

「香港有些外國商家，為了推銷自己的貨品，派出幾十個男女青年，到各區去調查推銷的情形與用戶的意見。」朱大海答。

「做推銷員？」沙勇問。

「不，」朱大海說，「這種工作比推銷稍微繁複一些，除了推銷，還要將調查所得填在表格裏作為報告。」

「這種工作，我能做嗎？」

「我能做，你當然也能做的。」

「辛苦不辛苦？」

「利用假日，每天可以調查兩幢大廈的住戶。」

「兩幢大廈？」亞勇說，「以每幢大廈一百戶來計算；兩幢大廈不是兩百戶了？」
「只要工作進行得順利，兩百戶的調查工作，從早晨到傍晚，一定可以完成。」
「有多少薪水？」
「薪水以調查的戶數計算。」
「怎樣計算法？」
「兩百戶五十元。」
「你為哪一家公司工作？」亞勇問。
「W公司。」朱大海答。
「調查甚麼商品？」
「W洗衣粉。」
亞勇頓了頓，用低沉的語調問：「還有空缺嗎？能不能介紹我去做？」
「公司當局為了推廣業務，仍在招請調查員。你要是有興趣的話，明天早晨八點半在街口的巴士站等我，我陪你到公司去。」
第二天上午，在朱大海陪同下，走去W公司應徵。由於這家公司正在招請調查員，亞勇的申請立即被接受了。
公司的營業部主任先將工作範圍講給他聽，然後派了一些表格與洗衣粉給他，叫他馬上展開調查與推銷工作。

亞勇被指派調查的兩幢大廈，就在他住的地方附近。依照亞勇的想法，這工作不會有太大的困難。何況，在進行這項調查工作時，公司準備將大批洗衣粉送給用戶。送貨品給別人，當然會受到歡迎。

亞勇背了一大包洗衣粉，搭乘電梯上頂樓。他打算從頂樓開始，一路做下來。

頂樓只有兩個單位：A座與B座。

先撳A座的門鈴。

撳了一分鐘左右，才有人走來應門。大門拉開，一個中年婦人隔著鐵閘厲聲問：

「找誰？」

「請問你們用不用W洗衣粉？」

那中年婦人怒氣沖沖說了一句「我們不用洗衣粉」之後，砰地將門關上。

亞勇碰了一個釘子，用筆在調查書上寫了「住戶態度凶惡」六個字，掉轉身，走去撳B座的門鈴。

撳了三分鐘左右，始終沒有人走來應門。

亞勇只好在調查書上寫了「無人應門」四個字，經由太平梯，走下一層。

那是十九樓，有四個單位。

亞勇走去A座，撳門鈴。

走來應門的，是一個老太婆。這老太婆一見亞勇，就抖聲：

「又來講道了！對不起，我們是信佛的！」

「砰」的一聲，將門關上。

亞勇走去B座，按門鈴。

按了一兩分鐘，才聽到門內有人用痰塞的聲音問：

「誰？」

大門啟開。隔著鐵閘，亞勇見到一個睡眼惺忪的中年男子。那男子用手背掩在嘴前打了一個呵欠，用痰塞的聲調問：

「找誰？」

「請問……」亞勇用低得近似虛偽的語調問，「你們用不用W洗衣粉。」

「甚麼？」中年男子皺著眉頭，臉上出現不耐煩的神情，「甚麼洗衣粉？」

「W牌子的洗衣粉。」

「沒有聽過。」

「用W牌洗衣粉洗出來的衣服，特別白淨，晒乾後含有香味，令人……」

不等亞勇將W牌洗衣粉的好處全部講出，那中年男子就不耐煩地截住他的話頭：

「對不起！我不買洗衣粉！」

「先生，我……我不是走來推銷洗衣粉的。」亞勇說。

中年男子這才睜大眼睛對亞勇身上直打量，有點困惑不解。

「不推銷洗衣粉，走來做甚麼？」他問。

「我是走來送洗衣粉的。」亞勇臉上的肌肉一鬆，露出極不自然的笑容。

「誰叫你走來送洗衣粉的？」

「公司。」

「你們公司的老闆，神經正常不正常？製成洗衣粉，不設法推銷，卻拿出去送人？」

「這也是推銷的一種方法，」亞勇說，「公司方面的意思是：正在用W洗衣粉的人家，送大盒，作為一種鼓勵；如果是還沒有開始用W洗衣粉的人家，送小盒，好讓他們試用幾次，與別種牌子的洗衣粉比較比較。這種方法……」

那中年男子越聽越不耐煩，用手背掩蓋嘴巴，又打了一個呵欠。

「對不起，」他說，「我昨天晚上很遲才睡，還沒有睡夠。」

「請你將鐵閘打開。」亞勇說。

「為甚麼？」

「送……送一盒W洗衣粉給你。」

「還是送給別人吧！」說著，將門關上。

在調查表格上寫了「此戶不用W洗衣粉」之後，走去C座按門鈴。

大門啟開一條縫，一位中年婦人雞啼般的嚷：

「找誰？」

「請問——」亞勇隔著鐵閘問，「你們用哪一種牌子的洗衣粉？」

那中年婦人根本沒有聽清楚亞勇講的甚麼，厲聲說了一句「我們不買洗衣粉」，用蠻力將大門關上。亞勇想不到她會這樣做的，面對那扇剛關上的大門，彷彿被人摑了一巴掌，呆了片刻。

在此之前，他從來沒有受過這樣的委屈。

站在那扇大門前，亞勇幾乎沒有勇氣去按D座的門鈴了。他有點後悔，悔不該接受這種工作。內心進入交戰狀態；一方面想放棄這種工作；另一方面卻在責備自己懦怯。

「怎麼可以半途而廢？」他對自己說，「我要是就這樣放棄這項工作的話，一定會遭受他人的訕笑。……」

想到這裏，拿出筆來，在調查表格上寫了「戶主態度兇惡」六個字，走去D座按門鈴。

沒有人走來應門。亞勇以為這個單位的住客全部出街了。正要在調查表格上填寫「無人應門」時，門卻慢慢啟門了。

「找誰？」

微弱的聲音，使亞勇本能地轉過臉去，隔著鐵閘，他見到一個白髮蒼蒼的老太太。

「請問：你們用的洗衣粉，是甚麼牌子？」

老太太抖巍巍地舉起右手，將手放在耳背，用微弱的聲調問：

「你講甚麼？」

亞勇知道她的聽覺不靈敏，將嘴巴湊在鐵閘邊，加強語氣重複剛才講過的那句話：

「你們用的洗衣粉，是甚麼牌子？」

「我不清楚。」

「請將你們的洗衣粉拿給我看。」亞勇說。

這一次，由於亞勇說話時的語調提得相當高，老太太毋需亞勇重講就聽清了。她並不立刻答話，只是睜大眼睛，對亞勇身上直打量。因為找不到問題的答案，她用微抖的語調問：

「為甚麼？」

「我是Ｗ公司的代表。」亞勇很有耐性地作了這樣的解釋，「Ｗ公司有許多產品，其中之一是洗衣粉。」

「我……我們不要買洗衣粉。」

「我不是走來推銷洗衣粉的。」

「既然不是推銷洗衣粉，走來做甚麼？」

「送洗衣粉給你們。」

「甚麼？你講甚麼？」老太太再一次用抖巍巍的手放在耳朵背後。

「我是走來送洗衣粉給你們的。」

「為甚麼？」

「我們希望客戶用過W牌洗衣粉之後，知道這種洗衣粉的好處。」

老太太不願接受這種解釋，睜大一對充滿疑慮神情的眼仔細端詳亞勇。

經過一番靜默後，老太太抖聲說：「好的。你要送洗衣粉給我們，再好也沒有了。請你將洗衣粉放在鐵閘外邊。」

「放在鐵閘外邊？」

「是的，放在鐵閘外邊。」

「放在鐵閘外邊，很容易被別人拿走。」

「別人要拿，就讓他拿吧。」

「這怎麼可以？」

「這是沒有辦法的事，」老太太說，「治安太壞，別說洗衣粉，就是送一盒黃金來，我也不會打開鐵閘。」

亞勇沉吟片刻，承認老太太不開鐵閘是有理由的，當即取出兩盒洗衣粉，一大一小，在老太太眼前搖一搖，作了這樣的解釋：

「這裏有一盒大的與一盒小的，如果府上用的是W牌洗衣粉，我們送大盒給你們；如果府上用的是別種牌子洗衣粉，我們送小盒給你們。現在，請將你們的洗衣粉拿給我看。」

老太太掉轉身，踉踉蹌蹌朝沖涼房走去；稍過片刻，又踉踉蹌蹌從沖涼房走出。

老太太手裏拿著一盒W牌洗衣粉，抖巍巍的走過來。

亞勇的情緒頓時興奮，猶如探險家發現寶藏，欣喜若狂。

「好極了！」他說，「我送一盒大的給你們！」

「放在鐵閘外邊。」老太太還是那句老話。

「放在鐵閘外邊，很容易被人拿走。」

「拿走，就讓他們拿走好了，反正不是花錢買的。」老太太說。

「雖然沒有花錢，也是屬於你們的了。這洗衣粉，要賣十二元一盒，給別人拿走，豈不可惜？」

「你……」老太太抖巍巍的伸出手，指指鐵閘外邊的石地，「你將洗衣粉放在外邊。」

「老太太，請你相信我……」亞勇用近似哀求的口氣說，「我是一個學生，不是劫匪。」

老太太固執地重複剛才講過的那句話。

「放在外邊。」

亞勇總覺得將洗衣粉放在鐵閘外邊，很不妥當，隨即改用溫和的口氣向老太太解釋：

「老太太，請你打開鐵閘，將洗衣粉拿到裏邊去。我是一個好人。我絕對不是劫匪。你儘管放心好了。」

老太太睜大眼睛，怔怔地望著亞勇，好像在打量他；也好像對他有所懷疑。

亞勇以為老太太在懷疑他的身分，遂補充了這麼幾句：

「我是一個學生，利用假日，為W公司做一些調查工作，賺些外快。我絕對不是劫匪，你放心好了。……這盒洗衣粉，要是放在鐵閘外邊的話，很容易被人拿走。……老太太，請你將鐵閘啟開吧。」

老太太繼續睜大眼睛望著亞勇，望了片刻，忽然尖著聲音嚷了起來：

「不！不開鐵閘！」

她的語調是如此之高，顯示她對亞勇缺乏應有的信任。

亞勇看出這一點，極力為自己分辯：

「老太太，我是一個做商品調查的學生，絕對不是劫匪，請你將鐵閘打開吧。」

「不！」老太太抖聲說，「你不要騙我！我……我不會上當的！」老太太用力將大門關上。

對於亞勇，這種事情並不是第一次遇到，雖感意外，卻沒有驚詫。

他伸出手去，按門鈴。

沒有人走來應門。

亞勇繼續按門鈴。

沒有人走來應門。

亞勇放開嗓子喊叫：「老太太！請你開門！」

大門終於啟開了，老太太圓睜雙目，臉上的表情非常難看。當她講話時，語調抖得厲害說：

「我不要你的洗衣粉！」

「老太太，你誤會了。」

「誤會甚麼？」

「現在，香港治安壞，是事實。陌生人來敲門，當然不能隨便打開鐵閘。不過，我是一個好人，我是替W公司做調查工作的，絕對不是劫匪。老太太，你儘管放心好了。這……這一盒洗衣粉，是大號的，市面上賣十二元，送給你。」

「不要！」

「不要？」亞勇問，「為甚麼？」

「你為甚麼一定要將洗衣粉送給我？」老太太說，「你要是當真是個做生意的人，絕對不至於這樣愚蠢，將製成的商品送給別人！你們有多少本錢拿出來蝕！」

「老太太，你誤會了。我們公司此番大送洗衣粉，旨在宣傳，希望客戶們用過我們的洗衣粉後，知道這種洗衣粉比別種牌子好，就……」

不等亞勇將話講完，老太太抖聲說：

「別以為我這個老太婆不懂事！老實說，我對你的用意很清楚！你在利用洗衣粉來引誘我打開鐵閘，等我開鐵閘後，就衝進來搜掠了！」

亞勇聽了這一番話，氣得連頰肉也在痙攣地抽搐了。他有許多話要講，一時竟不知道應該講些甚麼才好。老太太意猶未盡，隔著鐵閘，抖著聲音對亞勇說：

「你們這種手法，只要稍為留意一下新聞的人，都知道。這種手法，偶而用一次，也許會有人上當；用得太多，連我這個老太婆也不會上當的！」

再一次，將大門關上。

亞勇呆了片刻，總覺得有必要再向老太太作一番解釋。

大門啟開，老太太不等亞勇開口，就粗聲粗氣說：

「你要是再按門鈴的話，我就要報警了！」

砰地關上大門。

沒有辦法，亞勇只好在調查表格上這樣寫「此戶用W牌洗衣粉；但拒絕收受贈品」。

填好調查表，由太平梯走下一層，到十八樓去作調查。

十八樓A座沒有人，亞勇按兩分鐘門鈴，始終不見人走來應門。

當他按十八樓B座的門鈴時，走來應門的，是一個中年男子。這中年男子，性情非常暴躁，一見亞勇，就粗聲粗氣問：

「找誰？」

「請問：你們用的洗衣粉，是甚麼牌子？」

「去！去！去！我現在很忙，沒有空跟你談天！」

語音未完，大門已關上。亞勇又碰了一個釘子，睜大眼睛望著那扇門。那扇門，緊閉著，有如發怒人的嘴。亞勇從未受過這樣的委屈，幾乎想哭了。

「算了吧，」他對自己說，「這工作，不是我能夠做的。」

掉轉身，懶洋洋地朝電梯口走去，伸出手去，按電鈕。他有點惱怒了，雖然這只是感情的浪費。

將剩餘的勇氣集合起來，準備接受失敗。電梯門啟開時，板著面孔走入進去。電梯裏沒有一個人，他就自言自語地：

「這錢，不是我賺的！算了吧，這工作，不是我能夠做的。……」

一再重複這幾句話，沒有別的意思，只是給自己在接受失敗時找一些理由。

但是，電梯到了地下，他卻站在電梯中，沒有走出去。他要利用假日賺一些外快。此外，他要父母知道：他不是沒有能力賺錢的。

這樣想時，他伸出手去，按電鈕，回上十八樓去。

回上十八樓，先在調查表上填「A座無人」與「B座拒絕答覆」的字樣，然後鼓足勇氣，走到Ｃ座門前，按門鈴。

大門啟開。

隔著鐵閘，亞勇見到一個正在用圍裙抹乾濕手的中年婦人。

「找誰？」婦人問。

亞勇在開口之前，先露了一個阿諛的笑容，然後柔聲細氣問：

「你們用的洗衣粉，是甚麼牌子？」

「Ｗ牌。」

聽了這話，亞勇頓時興奮起來，蟠結在心頭的悒鬱與氣忿登時消散。

「請你將那盒洗衣粉拿給我看。」

「為甚麼？」

「如果你們用的當真是Ｗ牌洗衣粉，我這就送一盒大的給你。」

「送甚麼給我？」

「Ｗ牌的洗衣粉，大盒的。」

「為甚麼？」

「我是Ｗ公司的調查員，」亞勇說，「我們公司為了推廣銷路，決定送洗衣粉給客戶：用Ｗ牌洗衣粉的，送大盒；不用Ｗ牌洗衣粉的，送小盒。」

中年婦人聽了亞勇的解釋，臉一沉，粗聲粗氣講了這麼一句：

「不要！」

亞勇吃了一驚，以為自己聽錯了，當即壓低嗓子，問：

「我們送洗衣粉給你，你不要？」

「是的，不要！」

「送給你也不要？」

「不要就是不要，何必多問？」

「為甚麼？」亞勇問，「請你將理由告訴我。」

中年婦人睜大眼睛對亞勇身上直打量，然後用略帶憤怒的語氣說：

「好的，讓我坦白告訴你：我們不喜歡W牌洗衣粉！」

亞勇的眼睛睜得又圓又大，「W牌洗衣粉有甚麼不好？」

「泡沫太多！而且——」

「怎麼樣？」

「氣味難聞！」中年婦人說，「洗出來的衣服有一股難聞的氣味。」

亞勇將中年婦人拒收贈品的理由寫在表格上，走去D座按門鈴。

門內傳出犬吠聲。

亞勇嚇了一跳。

縱然如此，他還是站在大門前，等裏邊的人走來應門。

犬吠聲十分刺耳。聽聲音，像是一隻狼犬。亞勇不是一個膽量很小的年輕人，對狼犬卻多少有些怕懼。不過，為了工作，只好硬著頭皮等裏邊的人走來應門。這戶人家，並沒有裝鐵閘。

這種情形，依照亞勇的想法，可能有兩種解釋：（一）因為不裝鐵閘，才養一隻狼犬；（二）因為有了狼犬，才不裝鐵閘。

無論哪一種解釋，對亞勇來說，都不重要。重要的是：大門啟開後，那隻狼犬會不會衝出來？

正因為這樣，在等待裏邊的人走來開門時，他的情緒相當緊張。前些日子，他曾經在報紙上看到一則新聞，說是半山區有一家人家，女傭端牛肉給狼犬吃的時候，被狼犬咬了一口。

在大門前等待開門的亞勇，給自己的思念嚇得有點慌張。

大門啟開一條縫。

裏邊有個男子用裂帛似的聲音問：

「找誰？」

亞勇想笑，卻露了一個比哭還難看的笑容。他的視線落在狼狗身上。狼狗吠得非常刺耳，要不是被牠的主人緊緊拉住，大有可能縱身跳出來，將亞勇咬傷。唯其如此，男子向他詢問時，他竟張口結舌說不出話來。

那個男人見他不答話，有點不耐煩，加重語氣追問：

「找誰？」

亞勇知道不能不答，咽口唾沫，期期艾艾說出這麼一句：

「請……請問你……你們用不用W牌的洗衣粉？」

那男人臉一沉，粗聲粗氣說：

「我們不要買洗衣粉！」

「你……你誤會了。」

「誤會甚麼？」

「我……我不是推……推銷員，我……我是調查員。」

「調查甚麼？」

「調查洗……洗衣粉的用戶。」

「我們不用洗衣粉！」

砰地將門關上。門內的狼犬仍在狂吠不已。

亞勇又碰了一個釘子，再也沒有勇氣繼續做這種調查工作，提了洗衣粉，回家。

回到家，亞娟找同學去了，不在。家裏只剩母親一個。

「怎麼這樣快就回來了？」母親問，「那幢大廈的調查工作全部做完了？」

亞勇嘆息似的口氣說了兩個字：「沒有。」

母親睜大一對詢問的眼：

「既然沒有做好，為甚麼走回來？」

亞勇將那些洗衣粉放下來，咬牙切齒，憤然將話語從齒縫中說出：

「這種錢，不是我能夠賺到的！」

41

沙凡腹痛似絞，走去看醫生，醫生說他患了膽生石，需要入院接受割除手術。沙凡向商行請假一星期。

出院後，醫生要他在家裏繼續休息幾天，他卻提著公事包到商行去上班了。

走入商行，剛坐定，雜工給他一封信。

他用微抖的手指撕開信封，抽出信箋，才知道已被商行解雇。

被解雇的沙凡……

國家圖書館出版品預行編目資料

島與半島 / 劉以鬯著. -- 初版. -- 臺北市：
聯合文學出版社股份有限公司, 2023.05
240 面；14.8×21 公分. --（聯合文叢；728）（劉以鬯作品集；4）

ISBN 978-986-323-536-1（平裝）

857.7　　112006941

聯合文叢 728

島與半島

作　　者／劉以鬯
發 行 人／張寶琴
總 編 輯／周昭翡
主　　編／蕭仁豪
編　　輯／林劭璜　王譽潤
資深美編／戴榮芝
業務部總經理／李文吉
發行助理／林昇儒
財 務 部／趙玉瑩　韋秀英
人事行政組／李懷瑩
版權管理／蕭仁豪
法律顧問／理律法律事務所
陳長文律師、蔣大中律師
出 版 者／聯合文學出版社股份有限公司
地　　址／(110)臺北市基隆路一段 178 號 10 樓
電　　話／(02)27666759 轉 5107
傳　　真／(02)27567914
郵撥帳號／17623526 聯合文學出版社股份有限公司
登 記 證／行政院新聞局局版臺業字第 6109 號
網　　址／http://unitas.udngroup.com.tw
E-mail:unitas@udngroup.com.tw
印 刷 廠／約書亞創藝有限公司
總 經 銷／聯合發行股份有限公司
地　　址／(231)新北市新店區寶橋路235巷6弄6號2樓
電　　話／(02)29178022

出版日期／2023 年 5 月　初版
定　　價／360 元

ISBN 978-986-323-536-1（平裝）　